SHANGHAI PRINCESS

上海的金枝玉叶

NON-FICTION WORKS OF CHEN DANYAN

陈丹燕 著

上海文艺出版社
Shanghai Literature & Art Publishing House

"上海三部曲"总序

城市是个生命体,它是一个人,而不是一个物。所以,城市有自己的性格,命运,脾气,丰富的怪癖,独特的小动作,以及如同体味般,连大风也吹不掉的气味。在它身上,明亮的一面与暗黑的一面总是共存在同一处,一个街区,一条街道,一栋房子,甚至一条走廊。所以,它永远是有趣的。而且,它可以说是一个生生不息的生命体,它有时凋败,似乎死去,但它又会适时地复活。它有时兴旺,四下欣欣向荣,处处夜夜笙歌,但它一定会在某个时代的拐角处被迎头痛击。城市总能在经历中长出新的经历,在生命中孕育出新的生命,在面容中呈现出新的容颜,真的,它好有趣。所以我喜欢观察它,描述它,看穿它,写透它。

过了这么长的时间,我才有点发现自己,我想自己是个描写城市的作家,该隐的子孙。在创世纪,该隐杀了兄弟,被逐出土地,流浪四野,他算是第一个城市人。现在,该隐的子孙在世界各地的城市里繁衍了一代又一代。

我出生在北京,生长于上海,旅行去过世界上将近三百个城市,并描写它们的面貌与生活,城市总是我的描写对象,从上海到圣彼得堡。这些城市对我来说好似一间巴洛克房间里的各种镜子,它们彼此映照,相互证明,重重复重重的倒影里最后映衬出一张真实的面孔。我在圣彼得堡见到了1950年代的上海，在1990年代的上海遇见的，是1970年代的伦敦。这些城市好似一个连环套，当你看懂一个，就看懂了更多其他的。当我在斯特拉斯堡推倒第一张认识城市的多米诺骨牌，1992年的上海便展现出梧桐树下旧房子那通商口岸城市的旧貌。在我的故事里，街道与建筑都是城市这个人物形象的相貌，居民的故事都是城市这个人物形象的细节，城市历史都是城市这个人物形象的内心世界，所以，"上海三部曲"其实是一本书，这本书就叫上海。

失去与找到的游戏是我最喜欢玩的游戏，找来找去，这样我度过了二十多年的时间，它们是我一生中最好的时光。如今，"上海三部曲"（《上海的风花雪月》《上海的金枝玉叶》《上海的红颜遗事》）首版十九年后又回到上海再出新版，回首望去，我满意自己这样地度过了这些日子。这些年，有无数我不认识的读者伴随我成长，给予我鼓励，我感恩自己获得过这么多人在这么多年里安静的阅读，遥远但恒久的陪伴，感恩作家这个职业能获得的纯粹幸福一直都在，其实，我不敢相信这样的幸运竟降临在我身上。

陈丹燕

2015年3月17日星期二，晴

于上海

这个在磨难中依然保持着芬芳洁净的女子,有着怎样沧海桑田的一生?

* SHANGHAI PRINCESS *

CONTENTS

目录

-02-

1910年，一岁，悉尼
那双白色的软底鞋

The pair of white baby shoes, with soft soles

-10-

1915年，六岁
爹爹带我们去一家叫"上海"的中餐馆

Dad took us to a Chinese restaurant called "Shanghai"

-18-

1920年，十一岁
上海的阳光照耀

The sun was shining in Shanghai

-28-

1928年，十九岁
永远的中国式服装，永远的英文

Keep on wearing Chinese dresses, keep on speaking English

-38-

1931年，二十二岁
利西路上的大房子

The big house on Lucerne Road

-44-

1932年，二十三岁
爹爹死了

Dad passed away

-48-

1933年，二十四岁
燕京骄傲的女生
A proud student at Yenching University

-54-

1934年，二十五岁
分离
Parting

-58-

1934年4月，二十五岁
美丽的女孩出嫁了，倔强的女孩出嫁了
A beautiful and unyielding girl getting married

-66-

1934年11月，二十五岁
爱情故事
A story of love

-74-

1935年，二十六岁
富家女子的梦想
A dream of the girl from a rich family

-86-

1944年，三十五岁
把微笑丢在哪里
Where did she leave her smile

-92-

1945年，三十六岁
来得快，去得快
Easy Come Easy Go

-98-

1946年，三十七岁
波丽安娜
Pollyanna

-104-

1948年，三十九岁
美妇人之月的阴面
Even an elegant lady has her dark side of the moon

-112-

1951年，四十二岁
尚不知魏晋
Too naive to foresee what was looming ahead

-114-

1954年，四十五岁
再次成为职业妇女
Becoming a career woman again

-118-

1955年，四十六岁
戴西穿上了长裤
Daisy wearing slacks

-122-

1955年，四十六岁
双重的生活
Between two different kinds of lifestyle

-130-

1957年，四十八岁
吴家花园湖石边
Beside a decorative rock in her garden

-136-

1958年，四十九岁
最长的一天
The longest day

-150-

1958年，四十九岁
微微肿胀的笑容
A smile on her slightly swollen face

-162-

1961年，五十二岁
阳台上的风景
Scenery from the veranda

-170-

1961年平安夜，五十二岁
万暗中，光华升
Silent Night Within total darkness, these rose a glorious light

-178-

1962年夏天，五十三岁
煤炉上金黄色的Toast
Golden toast on the coal-ball stove

-184-

1962年夏天，五十三岁
让我们也荡起双桨
let us row with both oars

-192-

1964年，五十五岁
沸腾的大锅
The boiling pot

-202-

1968年，五十九岁
来一碗八分钱的阳春面
A bowl of plain noodles that costs 8 fen

-214-

1969年，六十岁
骄傲与坚持
Pride and perseverance

-222-

1971年，六十二岁
光荣退休
Retirement with honors

-226-

1974年，六十五岁
亲爱的奶奶不同于众
Dear Grandma is special

-230-

1976年，六十七岁
再婚
Remarrying

-234-

1977年，六十八岁
私人授课的英文老师戴西
Daisy, a private English tutor

-242-

1982年，七十三岁
英文顾问戴西
English consultant, Daisy

-248-

1983年，七十四岁
它能证明"我在工作着"
It proves that "I am still working"

-252-

1986年，七十七岁
乔治归来
George returns from abroad

-258-

1989年9月，八十岁
"我今天应该从哪里说起？"
"Where shall I start relating today?"

-262-

1990年4月，八十一岁
童年时代的咒语
An incantation from childhood

-268-

1996年，八十七岁
戴西与松林
Daisy and Songlin

-274-

1998年，八十九岁
上帝这次看见她了，成全她了
This time God is watching over her, realizing her wish

-281-

跋

· SHANGHAI PRINCESS ·

1910

一岁，悉尼

那双白色的软底鞋
THE PAIR OF WHITE BABY SHOES, WITH SOFT SOLES

There were two gardens, the first was what we called the Rose Garden. At the end of this garden was a trellis which was covered with a climbing variety of roses. Beyond the trellis was the second garden. It had a lawn in the middle with flower beds surrounding it.

院子里有两个花园，一个我们叫它玫瑰园，花园的尽头，有一个爬满了攀枝玫瑰的格子架。格子架的另一边是另一个花园，那里中央有一块草地，花圃围绕着它。

这是1910年4月2日,这一天是不是澳大利亚那些高高的树,在阳光和大风里落了许多叶子?那里的雏菊是不是早已经在秋天里凋零,就像一支古老的英国民歌唱玫瑰那样?这是大洋洲无数秋天中的一个。可是我不能知道。

就是这个照片里的小女孩也不能回忆起来了。

1998年9月24日,她又看了看这张照片,伸手摸了摸照片上过周岁生日的自己,说:"这是我女儿吧?我真的不能相信这是我的周岁照片。"经历了那么长的生活,经历了那么多的风花雪月和风霜雨雪,她布满细小皱纹的手指轻轻摸了摸照片上小女孩像瓷一样光滑的额头。

那时的照相店是木头地板吗?那条白色的蕾丝裙子是不是窸窸窣窣地发出响声呢?那时候应该还是用玻璃感光的吧?是不是需要许多时间呢?在等待玻璃片感光的那些时间里,小女孩一直保持着这安详和尊严的样子,是不是不容易啊?这些事,谁都不知道了。开着车带她和妈妈一起去照相店的爹爹,1932年死于上海,那一年她已是一个美丽的少女,还没有从燕京大学毕业。她的妈妈,1947年也死于上海,那时她已是一个美丽的少妇,已经有了两个孩子。这些在悉尼卡贝尔街老宅的事,也就永远被父母带走了。

一岁,那双白色的软底鞋

在悉尼市的这家照相店里,她穿着白色的蕾丝裙子,在照相。她富有的爹爹姆妈要给这家里第七个孩子留一张周岁照片,为了她将来的回忆,而且也是纪念她这一生光明的开始。那个照相的大人知道是为了庆祝小女孩的周岁时,有没有祝她长命百岁?她很胖,很安详,她穿着白色的软底鞋,那对着照相机的鞋底,没有一点点灰尘,那是因为她还不那么会走路,没有什么可以将她的鞋子弄脏。当时有没有人对她说:"笑一笑,戴西宝贝。"要是有的话,这个人是不是她的爹爹?这个从广东中山县出洋,靠水果生意发家,成为华人富商的人,最喜欢的就是第七个女儿,他把小女儿的婴儿房放在自己卧室的边上,晚上亲自照顾她。这些发生在1910年左右的悉尼老家的事,我不可能再知道了。关于悉尼的老房子,倒是在戴西的回忆录草稿里得到了详细的描写。

大门有一个通道,通向我们家房子的前门。不过,我总是从右边转到花园里,然后去后门。院子里有两个花园,一个我们叫它玫瑰园,爹爹喜欢花,特别喜欢玫瑰,所以我们家的玫瑰园里有许多不同种类的玫瑰花。花园的尽头,有一个爬满了攀枝玫瑰的格子架。格子架的另一边是另外一个花园,那里中央有一块草地,花圃围绕着它。

进门以后,要穿过一个长长的过道,然后就到了客厅,那是一间巨大的房间,我记得它大得足以放下两套客厅家具。客厅的另一边有两间房间,第一间我们叫它研究室。

可实际上在屋子里有一个大桌子，爹爹用来放他的相册，里面都是他好朋友的照片。当他们来我家做客，他们就一起看照片，然后回忆起他们早年在一起度过的日子。

在那里，我们的早餐和午餐都是在厨房里吃的，可晚餐要到餐室里吃正餐。我们家的规矩，正餐是西式的，因为我们的女佣是澳大利亚人。

不过，这些描写被戴西放在了对1966年12月她和她的儿子中正被赶到亭子间里住，他们发现那间小屋子的屋顶漏了的记述以后。关于"文化大革命"初他们遭受的暴力，冬天时被净身出门的境遇，戴西在回忆录里点点滴滴地写着，即使是在纸上，我还是能感到她回忆时的痛苦，她几乎不能完整地表达，说得那么片断和勉强。然后，换了一行以后，马上从1966年逃向1910年代，回忆起童年时代的老房子来。也许对戴西来说，那栋老房子是她一生中最安全、最好的地方了吧。

那时，谁也看不出，这世界到底会有什么能威胁到她。

那一年，她周围的人，对她抱着对一个孩子祝福的心情。这出身富家、健康漂亮的小孩，会有可以想象到的美好将来。也许当时谁也无法想到，在1971年她退休以后，会独自住在一间非常小的北向亭子间里，她的家产早已被悉数充公，她靠自己每月三十六元人民币的退休金生活，即使是在1971年，它们也只够她买最简单的食物。冬天，亭子间里连她呼出的空气都会很快结冰，夏天，她不得不整夜坐在房门口，希望邻居家朝南的窗子吹过来的南风在路过他们的房间以后,能吹到她这里来。

1998年9月25日黄昏,她在上海的自己家里安然去世,是上海红十字会和上海医科大学来拿走了她的遗体。因为在1985年她立志愿书将自己的遗体无偿捐献给红十字会,所有的眼角膜、骨头、脏器,包括有病的心脏和肺,并且不留骨灰。那一年,她儿子一家已去了美国,她的第二任丈夫戴维·汪去世已经两年,她七十六岁。

1998年秋的傍晚,红十字会的车子带着她已经生活了九十年的身体最后一次路过上海的一些街区。1918年时她跟着全家来到这里,那时她什么也不知道,跟小朋友解释的时候,她说:"爹爹要带我们全家到一家叫'上海'的餐馆里去吃饭。"这不是她出生的城市,也不是她的故乡。1949年以后,绝大多数家庭成员都离开这地方,她留了下来。1969年她被送到崇明岛劳动改造,被别人叫做"外国老太婆"。而1990年时,她回到澳大利亚自己的出生地,又回到上海,去到美国,又回到上海,她把自己的身体作为最后的礼物送给了这里。澳大利亚驻上海的总领事,作为她故乡的代表来向她告别。

她的葬礼就在医学院的解剖实验室里举行。

她就睡在大圆盘子的无影灯下。明亮柔和的灯光照着她的脸,被剪短的头发下露出了宽的额头,就像一岁时候那样。当九十年的岁月之水流过以后,她的容颜在一岁照片上就已经出现的那种安详和尊严,还像水底的小石头一样湿漉漉地留在那里。无影灯边上的天花板是一些大玻璃，上课的医科学生们就将站在大玻璃前看老师如何解剖她的身体，他们会在意她脸上的那种神情吗？

在她的葬礼上，代替哀乐的，是莫扎特的《安魂曲》。她穿着生前最喜爱的中式黑色立领小袄。她已经有六十年没有再穿西式衣服了，她觉得自己是一个中国人，应该穿自己的衣服，就是在1920、1930年代她最富有、最年轻、最美的时候，她也是穿着中式的衣裙。葬礼上来了侨务办公室的官员，他们抱歉地说直到她去世，他们才知道她是幼年从海外回来的华侨，因为她从来没有说过。

绿色的方格子瓷砖墙被三十六个用鲜花做的花圈盖住了。小小的冰凉的房间里充满了鲜花的气息，并不是香气，而是那种已经被剪下来的生命的临近死去的喘息。许多白色的百合花，那是因为它的洁白和优雅很配戴西；许多的雏菊，小小的，安静的，张开着没有设防，那是因为她生前非常喜爱雏菊，她的名字戴西，在英文里也就是雏菊的意思，她和这种花同名。鲜花围绕着她和她的照片。

在24日下午，我去看她，带去一束白色的玫瑰，她用清水把花供在绿色小柜子上，那是很少的几件在1966年被扫地出门的时候从家里带出来的家具，一直跟着她。她整理着花，她说："你知道，我总是喜欢花的，它们多么漂亮。"那天她也很漂亮，她新烫的头发，雪白的短发。这是她的最后一个黄昏，白色的玫瑰在暮色里像一小团云。那天她会想到在澳大利亚的老家院子里,她爹爹种过的那些 1910 年的玫瑰花吗？她也是一个爱鲜花的人,像她的爹爹一样。

在最后的日子里,她有时说她能看到一些灰色的人形在房间的天花板上漂浮着,她并不害怕它们,可她知道这是一些灵魂。也许是她的亲人们的灵魂吧,他们来接她了,就像她一岁的时候,他们开着车,领她到一家照相店里去照相一样,现在他们要接她去团圆的地方了。

* SHANGHAI PRINCESS *

1915

六岁

爹爹带我们去
一家叫"上海"的中餐馆

DAD TOOK US TO A CHINESE RESTAURANT CALLED "SHANGHAI"

She used to watch her Dad taking her Mom and elder sister to the Opera. They dressed up so beautifully for those occasions and there was always a box of chocolates. At that time, she was a young girl who felt that there would be numerous opera and boxes of chocolates waiting for her in the future.

她回忆了小时候看着爹爹带着妈妈和大姐去看歌剧的情形,他们打扮起来,是那么漂亮,还总有一盒子巧克力。那时她是个觉得长大起来会有一路的歌剧院、一路的巧克力等着她的小姑娘。

1989年9月，戴西离开上海，去美国看她的儿子中正一家，同时她也去看了分离了三十多年的兄弟姐妹。

　　1958年，她的丈夫被捕入狱，被判必须向政府退还六万四千美金。她被迫向所有国外亲人写信，请他们寄钱回来，帮她家还账。她把信写好，交给政府过目。寄出去那么多信，只有她的哥哥沃利一个人寄回了八千美金，那是从前她借给沃利的钱。1963年，戴西去学校教英文，沃利还从美国寄来了许多英文教学方面的资料和最新出版的词典。而"文革"以后，他就再也没有了消息。

　　而在从前，沃利总是戴西的领袖，他总是为戴西出各种各样的主意，在全家从悉尼迁往上海的日本邮船上，他们玩了六个星期的"跟着领袖走"的游戏，沃利的领袖地位在那时候就确立了。小时候礼拜天去教堂，爹爹分给每个孩子一个便士，让他们自己投到奉献箱里去，沃利教她用半个便士去买一个冰激凌筒吃，把找下来的半个便士给奉献箱。

　　在全家离开澳大利亚时，爹爹妈妈又带他们一起去照相，那时戴西已经长得高过沃利，所以他一定要戴西坐下来，不让她看上去竟然比自己要高。在兄弟姐妹里，他们是最要好的。甚至戴西十多岁的时候学钢琴，后来学开汽车，也都是沃利的主意,因为这是上海淑女个个都要学的时髦。

弟弟乔治1957年从上海经广州偷渡出境,临行前清理永安公司总裁办公室,匆忙之中,突然不知触动了哪里的秘密机关,一只秘密抽屉弹了出来,里面是从前二哥留下来防身的一把枪。1947年在永安公司的一次危机中,宋子文出面帮忙,所以二哥沃利做了总裁;1948年蒋经国要杀他,所以他也是在匆忙中逃往国外,由乔治接了他的班。乔治当晚就要走,他就把那把枪带到戴西家,让她处理。她的丈夫把枪埋在了自家花园的树下。后来,就是这把他们从来没用过的枪,成为她的丈夫吴毓骧判决书上的一条罪行:私藏武器。乔治并不知道后来在上海发生了什么事,戴西再见到他的时候,他陪着太太在夏威夷开美发厅,穿了当地人爱穿的大花衬衣,他老了以后,鼻子越长越宽大,像一个犹太老人了。要是没人告诉,你不会把他与照片上那个坐着的胖胖的小男孩联系在一起。戴西从没有真正具体地告诉过他关于那把枪的事,她说,说什么都已经没有意义了。

戴西的三姐安慈是上海的第一位"上海小姐",在这张照片上,虽然她还是一个刚刚发育的小姑娘,已经能看出她日后的醒目与美貌。她和丈夫一起生活在美国多年,仍旧保持着她的美貌,和美女那种安适而活泼的气质。她们姐妹从中西女塾毕业时,她已经是一个会骑马、会跳舞、会射击、会一切新鲜花样的小姐,她带着戴西在去闵行的公路上跟人飙车,最后发现那辆居然与她们争锋的车里,坐着她们的哥哥沃利。在她参加上海小姐选举的时候,戴西已经去了北京读燕京大学的心理学,她还写信回家劝姐姐不要参加这种无聊的游戏。而到了姐姐为了自己爱上的人几乎要从家里私奔的时候,戴西又是第一个表示同情的人。安慈已于1980年在美国去世,戴西去美国的时候没能见上最后一面,而见到了照片上那温顺的大姐。

1989年在美国,大家都鼓励戴西把自己的一生写下来。于是戴西去大学的老人写作班上了两期写作课程,规范自己的英文。离开澳大利亚以后,她仍旧上的是英文学校,她这一辈子,说的大多是英文,用的也大多是英文,虽然从中学时代开始,也一点点地接触中文,可总没有真正当成自己的语言用。直到1950年代单位里为老资本家们洗脑,她才被迫认真学习中文。到1971年退休的时候,造反派对老资本家做了最后一次训话,要每个人表态怎么继续改造自己,她对造反派表示一定要更好地掌握中文,学好毛泽东著作,改造自己的世界观,得到造反派的表扬。到了1989年,她决定要用英文写她的回忆录。她真的从9月开始写自己的回忆录,在她写在电脑里的回忆录里,她回忆到七十四年前的9月,六岁的时候,她在悉尼上科莱斯泰小学的情形,那时因为同学乱叫她名字,她逃了学,而且理直气壮地对校长宣布,要是同学不改正的话,她就永远不去学校了。那时她是个眼睛里看不得一点点不公平的小姑娘。

她回忆了小时候看着爹爹带着妈妈和大姐去看歌剧的情形,他们打扮起来,是那么漂亮,还总有一盒子巧克力。"我是多么希望能够早点长大起来,也能和他们一起出去啊。"戴西在她的回忆录里写着,那时她是个觉得长大起来会有一路的歌剧院、一路的巧克力等着她的小姑娘。

这是戴西在出生地留下的最后一张照片。1918年,她的爹爹郭标应孙中山的邀请,和兄弟郭杰一起举家回到上海,开办上海当时最新潮的百货公司:永安公司。戴西刚回到上海时,就住在永安公司对面的东亚酒店里,那是她妈妈的家族——马家的产业,马家当时已经在上海开了先施百货公司。她天天在窗前看着永安公司的楼房,在那些粗大的绿色的竹子脚手架里面,一层层地升高起来。南京路上这些华人资本家大百货公司的开张,标志着华人资本在上海的成熟。

而戴西不知道这些,她有一天发现在酒店的窗外飘着一些白色的东西,她觉得非常奇怪,于是打开窗子,伸手接了一些,握在手里,冲到妈妈房间里给她看,可当她张开自己的手,里面除了几滴水以外,什么也没有。妈妈笑了,告诉她那是雪,在悉尼从来没有看到过的雪。那时她是没有一点点阅历的小姑娘。

我们的古科罗克叔叔,他的第一任妻子是妈妈的妹妹,当时也一起住在酒店里,他是爹爹永安公司的经理。他有一辆福特车,在那时是很豪华的。有时他领着我们大家开车去郊外,当时我们最远也只到过静安寺,所以我们都觉得开到郊外去,是好远的路了。

这时,在她的回忆录里,回忆了一个孩子浑然不觉的安宁心境,而实际上,在生活中,一个人将要遇到些什么,是谁也不知道的。她当然也不知道在1967年,她和学校里一些"有问题"的老师一起被送到工厂劳动,有一天,他们用英文说了几句话,有人问她在午休的时候干什么,她告诉他们要去国际饭店买一点面包。"你知道那里的面包比解放前做得好。"戴西说。我想,这是她看到自己桌边还坐着两个工厂的工人而特地说的,因为没有必要为买面包加上这样的评价。

等午休结束以后,他们被突然集中到楼下的房间里。开始戴西他们还不明白是否他们这些资本家也有资格去开会,后来,当他们试探着下楼去的时候,他们惊奇地发现居然一屋子的人都在等着他们。工人们要求会说英文的人站到前面去,戴西就站到前面去了。然后她发现和他们中午同桌吃饭的那个工人也在,他把同桌另外两个说英文的老师也带到前面去了。

他走上前来,叫我跪下。我跪下了。他拍打我的头,我很奇怪,就抬起头来看他用什么打我,原来他用了一把扫帚。我不知道他们是否就要开始痛打我。可是并不是这样。他要我交代我在楼上工作的时候都说了些什么。我用中文告诉了他。他谴责我在说谎:"我懂英文。"他说,"你难道没说什么'公园'?你在中午的时候要到公园去。你要到公园去见谁?见面要干什么?"我告诉他我要去的是公园饭店,就是国际饭店从前的名字。不是什么公园。"哦,是的。"他说,"你还抱怨面包不如解放前好了。你能否认自己说过公园和面包吗?"在我的头上又被扫帚打了几下以后,会议结束了,他感到自己已经揭露了一个资本家是多么坏,多么不诚实。

1915年时的戴西怎么会知道,自己有一天竟会面对这样的屈辱?而且她还能从那些屈辱中活下来,甚至没有成为一个因为心碎而刻毒的老人。

✶ SHANGHAI PRINCESS ✶

1920

十一岁

上海的阳光照耀
THE SUN WAS SHINING IN SHANGHAI

Sometimes it makes one wonder whether or not the character of a person was established since childhood. Probably, a rich and bright life is the best nutrition for the cultivation of a pure and tenacious character.

有时候，真的让人怀疑，是不是一个人的品质是在童年生活中就确立了的，而且很可能，富裕的明亮的生活，才是一个人纯净坚韧品质的最好营养，而不是苦难贫穷的生活。

这张因为年代太久已经残破了的照片,把1920年照在中西女塾校园里的明亮阳光,固定了下来,要不然,我们是再也看不到这一天的阳光到底是什么样子的了。每一天的阳光其实也都是新的,像流过河床的水,一去就再也不会回来了。

这时,中西女塾已经从原来西藏路上的慕尔堂里搬了出来,搬到经家花园里,作为新校址。到1920年,这所美国基督教女子中学在上海已经有二十八年的历史。从它正式开学,当

中西女塾大门

时上海道台聂仲芳出席的那一天起,它就在当时上海的新式学校里享有盛名。它面对上海上层阶级的女儿,在戴西进入这里读书的时候,国母宋庆龄和中华民国的第一夫人宋美龄都已经从这里毕业。

学校收取昂贵的学费,有严格的管理,宿舍里六英尺长、四点五英尺宽的小床都必须用白色被褥,每个学生必须把自己的小床整理得一丝不苟。一进学校大门,必须除去所有艳丽珍贵的服饰和珠宝,否则,就作为捐赠被学校充公。在学校里的一举一动,都要按照校规,比如要是在走廊里停下说话,必须让到一边。做教会学校的"标准女子",任何家庭背景的学生都不能例外。

它的校训是成长、爱人、生活,它的教育是美国式的,重视体育、英文、音乐、科学,学校的英文演剧是当时最有特色的。用全套美国课本上课,在世界地理课上,她们学到中国是在远东地区。但是在它的大图书馆里,不光有全套的英美文学作品,有最新的英文杂志,有美国当时的流行小说,比如《波丽安娜》,也有英文版的《资本论》。

它的风格是贵族化的,教会学生怎样做出色的沙龙和晚会的女主人,早餐有中式的肉松和西式的黄油,学生客厅里有沙发、地毯和留声机;并且要秀外慧中,有严格的教养和坚强的性格。

它对学生的许诺,是要让她们一生年轻和愉悦地生活。

在当时的上海,像大家应该在西郊有别墅、家里有美国汽

扮绅士的女孩做出严正的样子,扮新娘的戴西,一脸懵懂。

车、先生有一抽屉各色领带一样,家里的女儿应该在中西女塾上学。连中等人家,也愿意节衣缩食,把自己的女儿送进这所名校来。有抱负的人家,希望女儿在这学校里接受最好的美式教育。像学校所说的那样,中西的教育,是为了让她们有勇敢的心和有价值的行为,给自己的生活一个最好的建设。没抱负的人家,希望女儿在这学校里开眼界,见世面,将来凭着中西女塾的牌子和西化时髦的淑女做派,能嫁入一个好人家。对这样的人家来说,女儿从中西女塾毕业,就像一份上好的嫁妆一样。

从照片上看,戴西这时在中西女塾里已经很习惯了,而且过得很好。她甚至参加了学校的演剧团,演出了莎士比亚的《驯悍记》。这张是不是演出后留下来的剧照,戴西已经记不得。她靠在一个扮绅士的女生怀里,头上戴着一圈花环,像一个正在愉快地享受着追逐的女子,那么爱娇,那么跃跃欲试,像真的一样。可仔细看她的脸,那种煞有介事的温柔的笑影里,留着女孩子兴奋的、游戏的快乐。于是你就可以知道,这孩子是在扮一个恋爱中的女子,就像更小的时候扮娃娃的妈妈一样。然后她们又一起拍了一张婚礼的照片,扮绅士的女孩做出严正的样子,那应该是一个女孩子从自己的父亲身上找到的样子,她的脸上还不懂得做出真正的婚礼照片上的男子的表情:有一些抱得美人归的自得,有一些天降责任的害怕,有一些对单身汉的日子的追悼,有一些成家立业以后的茫然。她生活在一个纯粹女孩子的世界里,对男子知之甚少。扮新娘的戴西,一脸的懵懂,学着别人的样子,把手插在绅士的臂弯里,庄重地站着,挂着长长的、演剧用的婚纱。她也不知道婚姻,可她有一种什么也不怕的沉着,更没有做出小女孩在这时很容易做出的媚态,也不曾飞出不解风情的眼风,她带着一些镇定的勇敢的茫然,这也许是中西女塾的教育给她的吧,对未知的生活,是向往的,也是沉着的。

大概她们照完相,就笑弯了腰吧,每个人在自己的少女时代,都有这样的经历。

这的确是戴西一生中快乐的日子。

她已经从最初在广东学校里的不适应中解脱出来了。在她小时候,要是遇到不适应的环境,她总能抽身而出。1918年,她上了广东小学,可是她不会说一句广东话,也不会说上海话,老师为她起了一个中国名字,但是当她拿着那张写着自己中国名字的小纸条上黄包车回家的时候，一阵风吹掉了她手里的字条，她再也想不起来老师为她起的是什么样的中国名字。她和家里的几个孩子中午在外面吃饭，因为只会说一个中国词"面"，所以天天中午都吃面。但是她不会用筷子，不管怎样学，也学不会用手指就能调度筷子。于是她和哥哥姐姐一起被家里转到了上海的教会学校，在一个简简单单的、有薄薄雾气的上海的普通周末，就离开了筷子和老师要叫"郭某某"起来用广东话回答问题的中文环境。

直到一个中学里要好的同学，为她拿来了当时走红的作家谢婉莹的名字来做戴西的名字，她才算有了一个正式的中国名字。日后她在北京见到谢冰心的时候，冰心说："你与我同名。"她就对冰心说到了名字的往事。

她总是这么轻易就遂了心愿，所以，谁都没有想到以后，当她站在菜场里卖咸蛋的时候，当她只能吃八分钱一碗的阳春面当晚餐的时候，当她独自从劳改地回到家，听法院的人来宣读对她丈夫的判决书，接着把她家里所有的东西悉数充公、连她的结婚礼服都不剩下的时候，她能好好地活下来。当有外国人问起她的那些劳改岁月时，她能优雅地直着背和脖子，说："那些劳动，有利于我保持身材的苗条。"她在八十七岁的时候，与三个年轻女子一起出去吃饭，只在一起走了几分钟，那三个女子就感到情形像是三个男子陪一个迷人的美女去餐馆，而不是三个女子陪一个老太太。

有时候，真的让人怀疑，是不是一个人的品质是在童年生活中就确立了的,而且很可能,富裕的明亮的生活,才是一个人纯净坚韧品质的最好营养,而不是苦难贫穷的生活。

当她被转到中西女塾以后,她所有的劣势,都一举成为别的女生渴望的优势,那里说的是英文,看的是英文,写的是英文,考试和授课也是英文,她自己觉得是个高人一等的好学生了。到1919年就以全A的成绩升到五年级。在新学校里,她成了一个什么都不缺的快乐的孩子。女孩子多的地方,总是比相貌,她是头挑的,虽然还没有长到让人惊艳的二十岁,但能看出来她已经是一个秀丽的少女了;富家女多的地方,容易比家境,她是头挑的;外国学校,当然比英文,她也是头挑的。学校里常常发生的歧视,对出身的歧视,对学业的歧视,都离她远远的。

这时,永安公司蒸蒸日上,在公司的屋顶开了花园,那是南京路上的一大时髦。家里搬到了一栋带花园的大房子里,很美的西式大房子,更美的大花园,是从一个瑞典人手里买来的。她的房间还是与爹爹的卧室连在一起,她仍旧是爹爹最心爱的孩子,要是在家里,她在早上会陪爹爹一起去花园种花。他们都喜欢照顾鲜花。

在别人的眼睛里,爹爹是上海最大的百货商之一,而且还是孙中山的造币厂的厂长,家里有一麻袋作废的铜钱板子,郭家的孩子在花园里玩的时候,也会到麻袋里去挖一把出来,到花园里的小湖上去打水漂。而戴西从爹爹身上学到的,是他对绳子的珍爱。做水果生意起家的爹爹,直到家里孩子出门要用

1926年，中西女塾的五个好朋友的合影，做伴度过青春岁月。后来，只有后排中间的张燕文（Eva）与戴西留在中国，保持了她们七十年的友谊。如今，九十岁的张燕文生活在北京，仍旧眉清目秀，让年轻的女子感到惭愧。她说，戴西真的是个完美主义者啊，中学时代有一次，学校想要戴西上台演奏钢琴，但戴西认为自己弹得不好，拒绝上台。她的拒绝惹恼了老师，老师要罚她那个周末在校反省，不准回家。戴西选择了处罚。"戴西是个处处求完美的人，从小就是。"张燕文说。也许因为这样，戴西才能有后来的执拗与坚持。

防弹汽车和保镖,还是对每一小段绳子都小心地捋齐了,缠成一个小团,放在抽屉里备用。戴西和爹爹一样终生保持了收齐绳子的习惯,直到戴西去世,回来为她整理遗物的孩子,在她的写字桌抽屉里发现了许多整理好的绳子团。

因为怕绑匪,郭家的孩子只有很少的机会公开社交,他们最好的朋友,差不多就是宋家。宋子文天天在郭家吃饭,在宋家管账的宋美龄和在郭家管账的二姐姐波丽好成一团,常常互相交流怎么从家里的流水账里扣出钱来,结伙去看新出的美国电影。所以,在学校里有许多同学住在一起,是生性活泼的戴西很开怀的事。

那真是些轻车快马的日子,在一个人的少女时代。

那1920年代的明亮阳光,照耀着戴西年轻的笑脸,她还有点胖,因为在青春期里,有一点像刚刚发起来的发面团一样,那么新鲜,那么不确定,那么香,不可遏制地成长着。她盼望着许多事,可并不着急,生活像阳光下最蓝的大海一样,璀璨晶莹地在她的面前铺陈,随便她是想去游泳,还是想去泛舟。

* SHANGHAI PRINCESS *

1928

十九岁

永远的中国式服装，永远的英文

KEEP ON WEARING CHINESE DRESSES, KEEP ON SPEAKING ENGLISH

Within the tenderness and purity of a young beauty, who was quite different from a model, there existed something solid and glittering, which also made her different from Venus. Something lucent and sharp as a gem can be sensed sparkling in her charming eyes.

在美少女不同于模特的娇嫩纯洁里面，还有一些不同于维纳斯的晶莹坚硬的东西，像钻石一样透明但是锐利的东西，闪烁在她娇柔的眼光里。

毕业典礼前的一星期中,要举行多次宴会,师生互请或学生间、班级间的告别宴会,并且进行"毕业礼拜",全体毕业生在做这场礼拜时,一律身着纯白绸服。毕业典礼的前一天,称作班日,要举行向全校告别大会。校中各年级皆定有级色,如白底蓝边或蓝底白边服装等等。在告别会前,毕业生都穿上级色,手携手走到校园中各主要建筑物以及风景区唱告别歌。最后来到大礼堂,全校师生都已汇集一堂,舞台上以级花、级旗、级徽布置,在宣读八篇内容不同的临别赠言之后,毕业生唱起级歌,并向全校赠送礼物。记得我代表校方接受她们的告别礼物时,几乎每次都落下眼泪,学生们也一同落泪。

毕业典礼通常在告别大会后的第二天上午举行。一早便不时有毕业生的家长、亲戚朋友、情人前来,赠送花篮、花束,一直从大礼堂舞台上排至大楼东西两个入口,寒暄声、道贺声四起。毕业典礼在上午9点整正式开始,两列身着特制礼服的毕业生迈着庄重的步伐,由大礼堂中门进入,穿过礼堂通道,缓缓走上前几排座位处,全校唱完毕业颂歌就上台,接受毕业文凭。

典礼之后,便是毕业生与教师合影留念。许多送来的鲜花被送到医院不知名的病人手中。等毕业生最后含泪离校，低年级同学则流连送别。

——摘自中西女塾校长薛正回忆录

1928年，戴西就这样从中学毕业。这时候，她已经成长为一个美少女，在这张已经残破的发黄的照片上，留着她那时的美丽，就像波切提尼画的从贝壳里刚刚诞生的维纳斯那样的美丽。1997年的冬天，我从老年戴西的相册里取来了它，请一个摄影师翻拍，用在我的书里。我们一起在日光里注视着照片上的她。那个摄影师从纽约来，他的专职是拍模特和时装，满眼看的，全是中外时代美女，她们在镜头前露出自己的乳房像露出自己的鼻子一样自然。

那天，他从镜头里看着1928年的戴西，说："我从来都没有看到过这么娇嫩纯洁的女人。"

而我看到的，是在美少女不同于模特的娇嫩纯洁里面，还有一些不同于维纳斯的晶莹坚硬的东西，像钻石一样透明但是锐利的东西，这是在从前小女孩子的照片里所没有的表情，闪烁在她娇柔的眼光里。

戴西最初已经不记得这张照片是什么年代拍的了，她用老式的黑柄放大镜看了一会儿，说："我想是从中西女塾毕业以后，那时候我开始穿中式衣服，而且渐渐开始只穿中式衣服了。"

在我和她一起一张张翻找照片的时候，我常常需要问她照片的年代，而她总是忘记，总是说："你看一看是穿中式衣服吗？那就是中西女塾毕业的前后。"后来，要是在照片里穿旗袍，就是1949年前，而要是穿着由旗袍改制的紧身小袄，那就是1949年以后，因为不再合适穿旗袍了。

从中西女塾毕业以后，对戴西来说，就是永远的中式服装了。

就从这张照片开始。

但是让我总觉得奇怪的是，为什么是在从著名的西化的教会学校毕业以后，在她的英文更加精到，她的知识更加美式，她的世界观已经在全是英文世界名著的图书馆里形成，甚至她的成长过程中从来没有参加过当时轰轰烈烈的新文化运动，也没有跟着激进的同学上街去拿竹筒为学生运动募捐，她只是更热衷美国家政课，在那时培养了她一生自己做蛋糕的兴趣，也热衷体育和演剧，在她成为学校的"标准女子"以后，她开始改穿非常讲究的中式衣服，而且努力用中国丝绸做自己的衣服面料。而当时，西方服饰和进口面料正成为上海上层社会妇女的时髦，巴黎和纽约的时尚，正以飞机的速度传到上海。

事情就这样发生在许多一生说英文多过中文的中西女塾的学生们身上，发生在那些被所有的人都认定是中国最西化的女孩子们的身上，宋家姐妹也是在从中西女塾毕业以后，开始终生只穿中式衣服，终生保持中国发髻。

它也发生在戴西的生活中。

我曾问她，用的是英文，直到她去世，她还是习惯说英文。

1920年代的中西女塾宿舍里的学生客厅，里面的陈设是学生从各自家中搬来布置的，在这里，她们学习怎样做客厅的女主人，怎样让自己得体、风趣，懂得照顾客厅里的每一个客人，怎样保持客厅的不俗。这是学校提倡的"标准女子"的重要部分。如今的女孩子，会不会因为自己的中学时代从未接受过这样的教育而心怀遗憾？

在最后的日子里，我给她打电话，她总是说："I am dying。"当然这么多年过去了，她已经会说中文，包括上海话，可一不小心，她又会回到英文状态去，那是她的土生语言。我问她："你为什么要坚持穿中式衣服呢？"只有在后来的"文化大革命"中，因为中式衣服属于"四旧"，在扫除之列，她才改穿大众的蓝布衫。

她说："没什么理由，因为喜欢，所以做了。"她对此说不出什么辉煌的大字眼。

所有的知识都在培养一个人的自尊心和对世界更全面和公正的眼光，是不是在中西女塾学习的整个少女时代，那些西方文明里的人类美德，并没有使一个少女成为只仰慕西方而鄙视东方的势利的人，而让她学习了公正，发现了美，肯定了自己，并为自己的一切骄傲？是不是这一切不通过口号，而于一天天消磨在没有中文书的大图书馆里的晨昏，一晚晚静听电唱机里的不是中国音乐的贝多芬和柴可夫斯基的八年中也可以完成？

从中西女塾毕业的同学们，总有两条道路可走，一条是订婚和结婚，完成生活中的大事，另一条是去美国留学，走向更广阔的天地。戴西曾希望和许多中西同学，包括她中学时代的好友海伦张一样，放洋去美国留学，可是爹爹不以为女孩子去美国学习有什么好，所以没有去成。在七个星期的伤寒病好了以后，戴西与一个富家子弟订了婚，他叫艾尔伯德，从圣约翰大学毕业以后，去美国留学了。戴西治好伤寒以后，就被接到艾尔伯德在北京的家里去休养，他的父亲和她的爹爹是世交。眼看着一个1930年代秀丽小姐成为窈窕少奶奶的故事就要在戴西身上上演了。

然而，情况很快改变，她在北京发现了燕京大学，她决定要在北京继续求学，然后，她决定解除与艾尔伯德的婚约。

这时的戴西，已经不是六个星期都跟在沃利后面玩"跟着领袖走"游戏、头上戴着只大蝴蝶结的女孩了，她开始表现出自己眼睛里那钻石的一面：独立地、自由地寻找自己想要的生活。

艾尔伯德从美国回来，拿着枪到火车站去截住准备回家过冬假的戴西，他央告，他解释，她都不允。她不喜欢他，不喜欢他在送她美国玻璃丝袜的时候说："这袜子真结实，穿一年都不坏。"过了许多年以后，她说："我不能嫁给一个会和我谈丝袜结实不结实的男人。No fun。"她不看家里的钱，因为她从来没有缺钱；她也不看留美学生的将来，她周围的人，个个好像都有踌躇满志的将来；她甚至没有特别在意一个人是不是真正喜欢她,在她的社交圈子里,追着她的,当时有许多人,他们只觉得自己高攀不上这个什么都不缺的郭家四小姐;她要和一个人有真正的共同语言,可以有 a lot of fun,就像不久以后,她将要在上海遇见的另一个麻省理工学院的毕业生,她将来的丈夫。可是当时戴西并不知道,她只是不要一个她觉得没什么可谈的男朋友。

艾尔伯德举起枪,说要杀了她。

她说:"你不杀我,我不愿意和你结婚;你要是杀了我,我也不会和你结婚,因为我再也不能和你结婚了。"他又要杀了自己,她说:"现在你好好地回家去,只是不和我这样一个人结婚;要是你杀了你自己,你就永远不能结婚,连整个生活都没有了。"

她就这样结束了自己第一个婚约,离开了一段在1930年代循规蹈矩的温顺富家女中流行的故事。

她还放弃了已经练习多年的钢琴,因为除了这是上海淑女的时髦和必修以外,她自己一点也不喜欢弹钢琴。那一天,她盖上琴盖,对一直对她说"别人都在学,你也得好好学"的沃利说:"现在我就不高兴学了。"这时钢琴的共鸣箱里,还留着振动以后琴弦发出的含糊乐声。她就这样,又从上海淑女的流行队伍里走了出来。

一切都发生在从中西女塾毕业以后,她成了一个更倔强地听从自己内心声音,更顽强地坚持自己理想的美少女。这种倔强和顽强,在1928年的时候,还让人觉得有着女孩子的娇气和随心所欲,而到了1961年戴西丈夫死于提篮桥监狱医院,1966年戴西被扫地出门,带着上大学的儿子住进与邻居合用厕所的亭子间,1972年戴西用一只铝锅在煤球炉子上蒸出带着彼得堡风味的蛋糕,1982年回到原来劳动的农场,为青年学生教授英文,并以工作为荣,1985年签署文件,坚持在自己死后将遗体捐献上海红十字会,1996年,戴西与人交谈的时候——许多人惊奇地发现她脸上的机警淡定里面,还流动着女孩子的活泼和迷人,这样的神情,若不是从内心发出的光芒,所有的人都会觉得很肉麻,但她的神情却感动了看到的人们。1998年戴西去世以后,由她照顾过的孙女媚在葬礼上摸着她的手,惊奇地说:"奶

1979年,劫后余生的"中西"老同学聚会。她们在形势稍微松动、不再有人说她们"反革命串联"时,买了蛋糕,燃了蜡烛,烧了咖啡,恢复了"中西"茶会的习惯。

奶为什么这么凉？"这时，她已经是拉斯维加斯一家时装专卖店的经理了，她还是不能相信奶奶会有一天去世，在她的印象里，奶奶是与众不同的，什么也打不倒她——这以后戴西大起大落的人生中，这种倔强和顽强已经成为戴西眼睛里不曾改变的明亮光芒，一直闪耀着。

这种独立的精神，对世事的勇敢，与当年在中西女塾的毕业典礼上女孩子留恋的眼泪和毕业颂歌，又有怎样的联系呢？

有时，我想，戴西这时候真的很接近一个从富裕家庭跑出来的红色青年，为了理想去亲近了革命。从来都有这样的故事发生在优秀的理想主义者身上，他们与为了吃饱饭、为了逃婚、为了翻身而革命的人不同，他们只是为了从书本上学到的公正和理想能在生活中实现而革命的。但戴西从来不是一个革命者，从来不想这样的大事，她向往着自己美好的人生，她坚持着自己个人的理想，她尊重的是一个人在生活中的权利，她就是那样一个在肩上放着两朵百合花照相的女孩子。

在抄家的时候，这张照片曾经被人捅了一个洞，扔在地上，后来被戴西的波丽姐姐拾起，混乱中戴西也不知道它是怎么辗转到了新加坡的，由新加坡的亲戚保存下来。戴西1989年去美国探亲以后，顺道到新加坡探望丈夫家的亲人。在新加坡，她收到一个礼物，那是一本亲戚们帮她收集起来的照相册，他们知道她的相册已经完全被别人撕碎了。在那本相册里，她再一次看到了这张照片。

★ SHANGHAI PRINCESS ★

1931

二十二岁

利西路上的大房子
THE BIG HOUSE ON LUCERNE ROAD

Sitting in front of her worn green curtain, Daisy lightly drew the air towards herself with her fingers. Raising her face with her eyes half shut, she spoke with appreciation: "Can you smell the fragrance of osmanthus flowers in the air? Such sweet aroma!"

戴西坐在用旧了的绿窗帘前,用手指轻轻把空气划向自己,她仰起脸来,半闭着眼睛,很享受地说:"你闻到空气里的桂花香吗?这样甜蜜的香气。"

1997年的某一个黄昏，我和戴西坐在她房间的窗前，说着一些零零碎碎的话。她很喜欢她房间的大窗子，还有外面安静的弄堂，被绿树环抱，在秋天时，有隐约的桂花的香气传来。那是上海角落里普通的黄昏，很安静，很好。

她纠正了我的一些英文，脸上带着鼓励和抱歉的笑意，像是一个妈妈对贪玩太过、在水里摔了一大跤的孩子的表情，让我觉得自己可以大胆地说下去，不过，要注意说得更好。她真的是上学时学了表情表达课的人，让人无法误解她的心意。

我们吃着一个法国太太送来的巧克力蛋糕。现在戴西住的是与人合用的套间中的一间，戴西的煤气没有烘箱。戴西非常节约，媚每年寄漂亮的东西回来给奶奶，可是她总是收起来不用，冬天时戴西冷得紧紧抱着老式的石英取暖器，以至于烧焦了自己的毛衣毛裤。而过去的戴西，从小和家里人住在那么大的房子里，与亲戚们一起跟从彼得堡皇宫里逃到上海的御厨点心师傅学做蛋糕和带馅的巧克力以及糖渍樱桃，上的是最贵的学校。所以四周的人都为她觉得不平，挺身出来，想要代替生活补偿她的失去。于是，总有人自己做了蛋糕，用锡纸小心包好了送过来；总有人想要带她出去吃饭；总有人在餐馆里小心看着她什么菜式吃得多一些，临走时就再要一份打包，让她带回去晚上吃。

那该是一种怜惜的心情吧。

在1990年代上海复旧潮流中,1920年代末戴西全家坐在大房子前的合影又出现在好几种写到老上海的书里,也出现在一些为白领办的铜版纸杂志上,精美的印刷,连照片四周的黄渍都如实地表现出来。一个作家感叹地说,面对这张照片的上海人,不知道该说回到从前,还是说回到未来。

总之,大家都想赶快把一个破坏的时代擦掉,回到那张合影中去。总之,大家也都以为,回到那里,就是走进那张相片里,自己也住在这样的大房子里,自己也穿着长长的旗袍,自己的侄子也一身英童打扮,把小领带结系得又小又硬挺结实,自己的爹爹也挣大钱,在南京路上数一数二,自己也上燕京大学,夏天时候回来休假,与兄弟姐妹开着黑色的别克车上街去兜风。

报纸上充满了别墅售楼的广告,淮海路上外国名牌店一家连着一家,连一家新开在淮海路边上的小咖啡馆都要起"1931年"这个名字,表示对那个上海黄金时代的崇敬与憧憬。日子像是西西弗斯手里的石头,看着是越来越远了,可忽然又隆隆地滚下来,回到原处,可就是在这石头滚动的过程中,戴西已经失去了她所有的从前。

戴西说,实在这世界上是没有一样东西能真正保留下来的。所有的,都像水一样,要是它在流着,它就流走了,要是它存着,它就干了。

以前,她有一个好朋友,一个美人,要过四十岁生日了,请戴西去开生日派对。戴西按时到了她的家,可她却不在,等了好久才回来,说是去照相店照相了。那天,这个美人朋友说,过四十岁以后就不再照相了,因为真正地老了。所以要留一些照片下来。"原来以为留一些照片,也能留点东西下来。可到了'文革'的时候,她的照片全被烧了,我的三十多本照相册全被人一张一张地撕光。世界上其实是没有东西能真正留下来的。"她说。

1918年刚建成的永安公司,白色的西式新楼,坐落在南京路上,标志着中国民族资本百货业在南京路上的成熟。

我记得她那次也是坐在窗前的位置上,她的脸在窗口的天光里微微泛着惊奇的笑意,并没有痛心疾首。

现在的人们,在为自己也有这样一张合影的梦想奋斗的时候,对戴西的怜惜,是有一点点兔死狐悲的心思吧。清夜扪心自问,要是轮到自己的话,自己不一定能受得了生活中这样的失去。

她说,有一天她做了一个梦,她梦见"文化大革命"又来了,她家在抄家和封门。然后她醒了。她在想,要是"文化大革命"真的又来了,她能再经历一次吗?"我想过了,我觉得自己可以撑得住。然后我想到我的孩子,他们能受得了吗?我想我可以受得了,他们也一定能行。"

"可是你失去了那么多。"我提醒她。

"我在这样的生活里学到了很多东西,要是生活一直像我小姑娘时候那样,我永远也不会知道自己的心有多大,能对付多少事。现在我有非常丰富的一生,那是大多数人没有的。"她说。

这也是事实,是一个人心灵世界里的事实。从那个黄昏开始,我非常喜欢戴西,喜欢和她谈话,喜欢听到她深厚的胸音。她常常在我离开的时候,问我要不要带一些食物回家去,那常常是别人送来给她的,堆在门边的柜子上。她总是说:"不知道他们为什么老是要送我东西,我用不了这么多东西。还有人要送我钱,我不需要那些钱。"

常常是我们自己很饿那些华美的物质,就以为她会更饿。

我们以为人可以从贫贱到富贵，而不能从富贵到贫贱。

"现在的人，为什么那么喜欢钞票，到处在说钞票。"戴西惊奇地皱起眉毛说，"我是有过的，后来又没有了，我真的不觉得这是什么了不起的事。从来不觉得钞票就是了不起的事。"

戴西也喜欢这张照片，这是她家现在能找得到的最好的一张家庭合影了。她曾点着照片告诉我当时她的卧室是哪一扇窗子，那时我知道，那个有白色百叶窗的大房子让她留恋，是因为她在那里度过了一生中最好的日子；她也一一向我介绍照片上她家的那些气度不凡的亲人，那是她所有的家庭成员，我也明白，那些人让她留恋，是因为他们是她最亲的骨肉。她从来就珍爱照片上的这一切，那是因为她是从那里来的。现在，常常有郭家在海外的晚辈回上海来，她就带着他们回到利西路老房子去，现在那里住着三十七户人家。她领着那些晚辈看他们从前种花的玻璃房子，那是因为她希望他们知道自己的老家是什么样子的，就像自己在1990年3月，八十一岁的时候回到澳大利亚老家去一样，去看一看自己的根。

戴西要是因为别人的怜惜而不快，要是在利西路老房子里祈愿物归原主，要是她在说不介意钱的时候，像是阿Q说话时那种干涩的声音，那我就会明白她心里真正的感受，然而她没有。她只是觉得那些怜惜除了好意之外，还有些多余，有些杞人忧天。其实她的天空，又高又蓝，云淡风轻。

有时，我小心翼翼地想到"威武不能屈，富贵不能淫，贫贱不能移"这样铿锵的话，但总是踌躇着不愿意用进我的书里来，戴西不合适用这样的句子,把它们和她放在一起,有一种气质上的差异,就像要把黄芽菜和菠菜放在一锅汤里那样。

那我应该怎么描绘她呢?

我总是记得在秋天的那个黄昏里,从窗子外徐徐吹进来的,是暖和的晚风,老年戴西坐在用旧了的绿窗帘前,用手指轻轻把空气划向自己,她仰起脸来,半闭着眼睛,很享受地说:"你闻到空气里的桂花香吗?这样甜蜜的香气。"

* SHANGHAI PRINCESS *

1932

二十三岁

爹爹死了
DAD PASSED AWAY

　　郭标突发急病，去世在姨太太家里。因为事出突然，郭标没来得及留下遗书和任何遗言，只留下一大笔遗产。
　　郭家按照从前郭标一贯的做法，儿子两份，女儿一份，平静地分了家。当时郭家召回住在外面的姨太太和庶出子，想要给他们一些照顾，可姨太太说，郭标已经对他们做过安排了，所以，不再参加

分遗产。想来，郭家对这次出人意料的平静分家一定深感自豪，直到六十六年以后，戴西1938年出生的女儿静姝还能骄傲地细细道来。

1月6日，郭标出殡。

这一年，戴西是燕京大学心理学系的三年级学生，对儿童心理学发生了兴趣，成了上海永安公司的股东。

* SHANGHAI PRINCESS *

1933

二十四岁

燕京骄傲的女生
A PROUD STUDENT AT YENCHING UNIVERSITY

Her daughter Jingshu once said that mother's bearing was the result of the education received from Yenching University. Being together with Daisy, sometimes I felt the urge to plan time for some adult ballet lessons.

她的女儿静姝说过,妈妈的仪态也是燕京的教育之一。和戴西在一起,有时我会计划一下,是不是可以找到时间去学一段成人芭蕾。

那是1998年的9月24日,这一天,也是一个夏天已经接近尾声的凉爽的黄昏,我在戴西家,这是我最后一次见她。第二个黄昏,她与世长辞。这一天她为接待我而化了妆,白发和红唇,她直到最后一天,都是一个精致的女子,不会把一丝口红涂到牙齿上。从我认识她起,她总是为每一个预约好去拜访她的客人化妆,而我们这一代人,只是为重要的场合与自己以为重要的人而化妆,而这个重要的人,常常是男人。我们更多的是取悦,而她则是礼貌。

那天她的老茶房松林也在,这一段她的身体很弱,松林从家乡赶到上海来,住在后面的小房间里,照顾他的少奶。戴西叫松林拿出两样东西来给我看,都是这次松林整理屋子的时候找出来的。一件是一张放大装进镜框的照片,就是这一张,也是毕业回到上海以后照的。

戴西说到了这张照片。这张照片是在国际饭店边上的一家照相店里照的,过了些日子,戴西路过那里,发现这张照片被店家放大出来,挂在橱窗里,她进去就将橱窗里的照片搬了下来,说:"谁允许你们把我的照片放在外面让大家看的?"店家知道理亏,在赔不是以后,顺水推舟,就把照片送给了她。

戴西把照片带回了家。然而不久,戴西就发现再也找不到它了。

直到"文化大革命"结束,戴西丈夫家的亲戚从国外小心翼翼地回国探亲,他们回到已经三十年没有开过门的老房子,用三十年没有用过的钥匙居然打开了门。在从前戴西丈夫住过的房间里,他们发现了这张照片,就给戴西送了过来。它是第一张在"文化大革命"以后回到戴西手中的旧照片。

这时已经七十岁的戴西,才明白过来,当年照片失踪,是因为有人从她家偷了它。那个人将它放在自己房间里。"我真奇怪他的本事,这么大的东西,他是怎么从我家偷出去的呢?我们家的人,包括门房,竟然没人发现!"戴西就着我的手,看着自己奇迹一样在上海留存下来的唯一一张照片,笑着说。她的笑容里还有对那个玩起新花样来聪明透顶的男子的欣赏,当年她就是因为这爱上他,嫁给这个清华大学的学生。1949年整栋房子被锁了起来,这时戴西已经与他有了两个孩子,做了十五年的吴太太。而等她再次看到这张照片,那当年偷照片的男子,已经去世二十年了。

另一件是戴西当年带回上海来的燕京大学毕业证书和理学士学位证书。

这两件东西记录了戴西的燕京时代。把照片的故事和燕京的证书合在一起,经过1930年代大学生活的人就会会意地点头,当时,燕京女生嫁清华男生是一种风气。

戴西一生没有真正从事过与她的专业有关的工作,可1940年代她对自己孩子教育的贴切,别人家孩子对去吴家玩的热衷,1990年代已经也垂老的孩子回忆起童年记忆里天仙一样的戴西姑姑,他们总是说:"戴西姑姑是学心理学的啊,她懂得怎样使得我们愉快。"

戴西的燕京大学毕业证书。

到1950年代以后,她独自对付各种各样对她和她的家心怀恶意的人。当她的丈夫被关进监狱,警察局两边对口供,她借口听不懂中文,用把中文翻译成英文的那几十秒钟判断;当她去看唯一和她一起留在上海的波丽姐姐,在弄堂里被等着抄波丽家的红卫兵推搡倒地,可她不能让波丽出来,于是她倒在地上用自己的高血压吓唬红卫兵;当她在退休前知道造反派要最后一次训话,她发言的时候就说自己退休后有了时间,一定要好好学习中文,争取可以看懂毛主席的书,改造自己;当她的儿子中正回忆起戴西的这些故事,他从十四岁起,就跟在母亲身后,看她如何惊心动魄地生活,如今回忆起来,他的眼睛里常常充满了泪水,他大张着眼睛,使眼泪慢慢地流进去,把眼白逼得充血,可他的脸上由衷地笑着说:"妈妈是学心理学的,她懂得分析和利用人的心理,来保护自己。她一直说我父亲聪明,其实他只是会玩,而她才是真的聪明。"

她的燕京时代还是常常被想起来的。她四十九岁的时候和外贸公司所有资方人员一起被送到外贸农场劳动,当时农场里什么都没有,正在盖房子,他们都被送去参加盖房子。当时,这些四五十岁的人中间,没人敢爬上竹子搭起来的脚手架。在这一队人僵在那里,被人嘲笑和逼迫时,戴西走出来,拎了一铁桶和好的水泥,爬了上去。那天她回家,对中正自得地说起这件事,她说:"别人不能做到的事,我还是可以做到的。我不怕,我的手脚还是很灵活。"在那些日子里,她总是把这种故事里的"fun"找出来,告诉独自在家担心的儿子,而中正总是透过那些妈妈骄傲的"fun",才知道她遇到过什么。中正庆幸地想到她在燕京时曾经是华北女子网球队的队长,她从来都是喜欢运动的。

戴西一直到去世,都还是一个自理的老太太。我认识她的时候,她已经八十七岁,那时她还是每天去市场为自己买东西。太阳好的时候,我打电话到她家去,她会不在家,她出去散步了。有一次我陪她散步,她笔直着背,慢而风雅地走在树影子里,穿着平跟的黑色麂皮短靴子,她的样子,让我想到了清香的、没有放奶的英国茶。她在燕京的时候,为了用英文演京剧《游龙戏凤》,学过戏,学了京剧的表演,她有一段时间,天天拿硬皮书顶在头上练走路。她的女儿静姝说过,妈妈的仪态也是燕京的教育之一。和戴西在一起,有时我会计划一下,是不是可以找到时间去学一段成人芭蕾。

路过一家超级市场的时候,戴西告诉我,有一次在这里遇到一个老先生,他叫住戴西,希望和她交个朋友。戴西说话时的神情有一点点被冒犯的恼怒,她那时的神情,回想起来真的像一个闺中的女孩子,生怕不相识的男人瓜葛了自己。可我听着搂了一下她的肩膀,为她骄傲得大笑。要是我到八十七岁的时候,一个人在街上散步,还有一个老先生过来和我搭话,我会像得了一个奖章。

∗ SHANGHAI PRINCESS ∗

1934

二十五岁

分离
PARTING

She returned to Shanghai from Beijing, and she considered Shanghai to be her hometown. Her love was in Shanghai, and her future home would be in Shanghai, therefore she figured that her paradise would also be in Shanghai.

她已经从北京回到上海,她已经把上海当成了她的家乡。她的情人在上海,她将来的家也在上海,所以她的天堂也在上海了。

还记得他们在离开澳大利亚老家前的那张照片吗？那时戴西还弄不明白"上海"到底意味着什么，沃利还是个喜欢恶作剧的活泼男孩，而安慈虽然已经是个美丽的女孩子了，可到底还没有到以后她当选第一届上海小姐时那么出挑。

那时，他们兄妹都还是活泼的小孩，每天忙着做自己喜欢做的事，从来不多想以后自己会是什么样子。而这，常常是家境优渥、童年幸福的孩子会做的。他们就是这样无忧无虑地长大了。

现在，他们中最小的戴西就要订婚了。她甚至为此已经烫好了头发。她已经从北京回到上海，她已经把上海当成了她的家乡。她的情人在上海，她将来的家也在上海，所以她的天堂也在上海了。在1934年的时候，这才是上海对于她显现出来的面貌，光明的，稳固的，温情脉脉的面貌。当然，她还不知道以后上海将是她的伤心地，在这里她将失去她的家，她将要有一个晚上，从上海东端的农场回到西端的家的时候，因为太累了，在71路公共汽车上睡过了站，于是夜班车把她带到终点。她下了车，可是完全不认识回家的路，她一个人在深夜的上海街道上不停地乱走，她一定要回到家，家里只有一个十多岁的儿子在等她回家，这也是她可以不住在农场的理由。后来，她都不知道怎么的,终于找到了家的那条路,一个人,在深夜的上海街头。她更不知道,最后上海成了她真正的家乡,晚年的时候,她不论离开上海到哪里,哪怕是到自己的女儿家里,只要住上几个月,她就想回家,她的生活在上海。

也许是意识到这次与艾尔伯德的那次不同,戴西认了真,要好的兄妹们一起去照相店照了张照片。有血缘的兄妹,总有一天要为了自己的情人与家人分开。天天相处的日子就要结束,他们心里会有一种想要紧紧挤在一起的愿望。他们就单独在一起照相,已经结婚了的沃利没有带上太太。他们把相似的脸对着装着镜头的小木头箱子,在手里捏着一个橡皮快门的摄影师授意下,露出相似的笑脸。

这时,他们应该会想念一些小时候共同经历过的往事吧。当他们从澳大利亚来到东方时,在香港酒店里就闻到一种从没闻到过的气味,后来在上海的酒店里又闻到那种沉重而古怪的香气,后来,他们才知道那就是鸦片的气味。从此以后,他们的人生经验就不再相似了。在上海时最喜欢飙车的沃利在美国生活得庸常平静,半生波澜不兴。而小时候从不出轨的戴西,在丈夫因为外汇问题被捕以后,还只身去咖啡馆与从香港来的犹太人见面,拿回丈夫的最后一信封钱。她度过了以拥有娘家资本股份的资本家太太身份,在红色中国的真正惊心动魄的半生。

这一张合影,是为分离而拍。

· SHANGHAI PRINCESS ·

1934.4

二十五岁

美丽的女孩出嫁了, 倔强的女孩出嫁了

A BEAUTIFUL AND UNYIELDING GIRL GETTING MARRIED

They were those who pursue life, considering happiness as the bottom line. They hold a proud attitude towards life as if playing a game, not willing to compromise, and not willing to bend in front of it.

他们是那种追求生活以快乐为本的人，对日常生活抱着游戏般的骄傲态度，而且总是执意不肯妥协，也不肯被它压弯。

戴着大大的珍珠耳环,穿着领子上有四只襻纽的长旗袍,戴西在郭家花园里举行盛大的订婚园会,花园里摆了二百多张桌子。她这就要与自己的有情人成眷属。那个曾将她的照片偷偷从郭宅带回家的人,今天抱得美人归。

戴西的丈夫吴毓骧,是福州林则徐家的后代,他母亲的奶奶,是林则徐的女儿,到他出生时,他家已经姓了吴,是清寒的书香门第了。这好像也是一种规律,祖上发迹的时候,家中常常没有什么文化,于是,家里的孩子就被大人要求一心只读圣贤书去。常常这样长大的孩子,单纯脆弱,成为真正的文人。于是,这显赫的人家到了下一代,就真正如愿脱尽了官宦气,成了起舞弄清影的书香人家。这样人家的子弟,一双手削长白皙,一颗心全是新鲜主张,由于敏感细腻的过敏气质,许多人还有哮喘,他们往往雅致而不实用,像那种清淡的香烟,气味醇而微甜,赏心娱人多过提神。吴毓骧,就是这样的一个人。日后吴家的人说起来,都觉得他高攀了郭家四小姐。而戴西自己,从来不曾说过这样的话。

他十九岁考上庚子赔款的公费留学生,到清华大学的留美预备部读书,刚刚好那时候北京爆发了"五四"学生运动,他跟着清华大学的队伍天天去游行,直到被抓进警察局关了起来。

清华留美预备部的留美官费生,他们的脸上还残留着"五四"运动的激情和一些茫然,也许是对自己行为的激情与茫然?他们真的那么明白自己做了什么吗?还是大多数人都像吴毓骧那样?(后排右起第五人是吴毓骧)

吴毓骧在麻省的阳光下。他的命运正在遥远东方多云的南部天空下默默等待着他。

二十五岁,美丽的女孩出嫁了,倔强的女孩出嫁了

这一年,戴西十岁,在慕尔堂的美国基督教小学里高高兴兴地读着英文书,因为姐姐强迫她戴西式的帽子懊恼不已。

政府觉得他们这些公费生太忘恩负义,又怕他们在北京学野了,就在1921年提前送这班学生去了美国。吴毓骧被送到麻省理工学院,主修电机工程,副修工商管理。临行时他们在清华大学的留美预备部前照了相,一班年轻的男生,大都穿着北京大学生穿着的那种长棉袍,一身柔软的皱褶,这个福州青年的国字脸上,还留着"打倒孔家店"的兴奋。

而到美国东部不久,他已经成为西装笔挺的华人青年。学习之余,他迷上美式运动,对美式棒球的喜爱从那时养成,一直保持了终生。到了1950年代,美国成了中国的头号敌人,偷听美国广播是可以被捕的大罪,他还是忍不住调低声音,高大的身体蜷曲着,把整个脸贴在收音机的喇叭上,透过国家大功率的干扰波,收听棒球比赛的实况。

他真的像政府所期望的那样,在美国忘记了政治,也许他去游行根本是为了新鲜有趣,而不是政治觉悟。他在MIT毕业时,成了一个不但对一切新鲜流行花样无师自通,而且可以玩得锦上添花的大师,他把自己培养成一个极其有趣的风流倜傥的人,就像能让许多有闲有趣的女子喜欢把玩的清淡娱人的香烟。

这时候,戴西在中西女塾有着褐色护壁板的礼堂里排练莎士比亚的戏。六十年以后,她到了美国,她在白天安静的家里写回忆录,在说到自己学习表演的时候,她说:"It was fun."

然后他回到中国,先在清华大学教书,可是他不久就觉得清华的教授太清苦,于是辞职回到上海虹口的家,想要经商致富。他成为一家外国牛奶厂的行政人员,一个一年四季穿笔挺西装、非常洋派的人,不到三更半夜,不会回家睡觉。这时,家里为他找了一门亲事,他拿出三百块钱给来相亲的女子,让她随便上街买自己喜欢的东西。这个女子买回来一堆花布和胭脂粉盒。于是,他回断这门亲事,他说:"我怎么能讨这样的女人。"

差不多同样的时候,戴西在北京因为艾尔伯德说到美国结实的玻璃丝袜的事,而取消了婚约,因为没有 fun。

在这时,我们可以看到一点点这个婚姻的基础:他们两个人都是不把婚姻看成过饮食男女日子的人,他们对自己的婚姻都有着深深的期望,在这一点上,他们真的是志同道合。他们是那种追求生活以快乐为本的人,对日常生活抱着游戏般的骄傲态度,而且总是执意不肯妥协,也不肯被它压弯。所以,到1958年3月15日,吴毓骧最后一个自由的早晨,绝大多数资本家都夹起尾巴来做人,把私家汽车停在家里,改坐三轮车上下班,而吴毓骧还开自家的福特车去上班,在办公室被捕以后,是戴西带着儿子去把车开回家。

1963年9月,戴西在劳改地接到公安局的通知,要她独自回家等待通知,她的难友害怕她会失踪,再三警告她要及时把自己的行踪通知家里人。她独自上了小船,沿着乡下绿色的小河道回上海。多年以后,她回忆起那个前途叵测的航行时,她说那河道两边真的充满了浓浓的绿色，乡下野地里才有的宁和与自在的绿色，也是夏天热烈的阳光留给植物的强壮的绿色，是那么漂亮。

你仔细地看他们在1934年的这张订婚照，看他们在1934年的天光下出自内心的笑容。

到1980年，戴西一个人重新站在当年拍订婚照的露台边的台阶上，四十多年过去，第一级台阶已经随着上海地面下沉不复存在，身边人的骨灰已经在1967年失踪，戴西仍旧是一头卷发和一身旗袍，只是头发的颜色变得雪白。细细地用放大镜来看她的脸，看到她笑容中间的沧桑了吗？在戴西年老的时候，她曾说："年轻的时候真的欠考虑。我现在意识到自己当时多重地伤害了艾尔伯德和他的父母，他们曾邀请我去同住了差不多一年。要是他们觉得我很坏，我不会怪罪他们。"

SHANGHAI PRINCESS

1934.11

二十五岁

爱情故事
A STORY OF LOVE

Behind her self-esteem, behind her grace and restraint, there might be hidden some kind of hurt caused by disloyalty. She fell in love with a really amiable husband, who might not be totally satisfied with mere family life.

她的自尊和婉约后面,也许藏着一些遭负心的伤痛。她爱上的真的是一个人见人爱的丈夫,而她的丈夫是一个无法满足于过居家生活的男子。

有一个年轻的电视制片人,对戴西的故事很有兴趣,想要把它做成一个二十集的电视连续剧,他把用发蜡梳得油光可鉴的头发和脸近近地凑到戴西的婚纱照片上,一边看,一边嘟囔着说:"她太漂亮了,所以会不幸。不过红颜薄命的故事会很好看。"当年的葛文斯基照相店,是上海最好的白俄照相店,在照片的右下角,还留着他们的印章。

戴西在照片上,像是那个《罗马假日》里的小公主,那样娇贵,那样无邪,那样庄严而愉快地对待面前的生活,根本就没想到她面前除了金苹果,还会有什么别的。

除了对第一次早餐的担心。

戴西曾经这样写下她婚礼以后的第一次早餐:

> 从我们订婚到结婚的六个月里,我一直忙着准备我们的新家,那么多事需要我去做,要定做家具,买一些现成的,还要忙窗上的厚帘子,床上用的亚麻布床单,地毯,厨房用具,瓷器,当然还有要找到可靠的仆人。一个客人名单必须要列出来,发出邀请,还有我自己的衣服,最重要的是我的婚礼礼服。为了这些事,当然我落了磅,到我觉得所有的事都安排停当的时候,我只剩下八十八磅了。

婚礼的前夜,我突然意识到明天我们得在一起吃早餐了。我一点也不知道我丈夫 YH 的饮食习惯,我们在一起吃过午餐和晚餐,在一起喝过茶,但从没在一起吃过早餐,而且我发现我们也从来没在一起商量过这件事。"那么,"我想,"我得准备一下。我不能让他发现我是一个无能的家庭主妇。"

我脑子开始飞快地转起来。是不是应该准备中国式的早餐呢?稀饭加上肉松,腌黄瓜,花生和松花蛋,还有豆类小菜。或者他会更喜欢西式的?于是我回忆从前我在马尼拉或者香港的酒店里住的时候,吃过的典型英国早餐,我不想出错。

第二天早上,我起了大早,指挥我家厨子准备我们新家的第一顿早餐。我亲自摆了桌子,然后去叫我丈夫,告诉他可以下来吃早餐了。

我们坐在桌子前,我着手做新鲜橘汁,然后在麦片粥里加了牛奶和糖,可我什么也吃不下,只是忙着照顾他。好容易等早饭吃完了,我紧张地看着他问:"你喜欢吗?告诉我你平时吃什么式样的早餐?""哦,很好吃,"他说,"但是通常我早上只在牛奶里打一个鸡蛋,当作早餐。你平时习惯早上吃什么?"

"哦,"我回答说,"我只喝一杯咖啡。"

1934 年的婚纱照片。

年轻的电视制片人从发黄的大照片上抬起头来,说:"这样的故事太正经,里面缺少可激起大众窥视热情的内容。你说,这里面会不会有另外的爱情故事,比如戴西爱上过什么别的人?三角四角的关系?"

我说好像没有。

"你想想嘛,他们这样的家庭,整天吃饱了没事做,饱暖思淫欲,也是很正常的。"他说。

我想起来戴西有一次说起"文革"中的批斗会。有一个职工站起来揭发她在 1949 年以前腐朽的生活方式,说她到永安公司去买东西,自己坐在沙发上,一手拿着茶,一手夹着香烟,售货小姐们排成了队,手里捧着新货一一走过她身边,要是她点一点头,她们就去把货包起来。然后她挂上账,跳上新式美国汽车,绝尘而去。她说她那时听着别人这样形容自己,觉得是在听别人说戏里的场景。

在社会下层的想象里,社会上层的人总是飞扬跋扈,为所欲为的。戴西说,这是她做梦也不敢的事,要是她敢,早被逐出家门了。而且她也从来没想过要这么做。她家的教养和规矩只怕比小户人家要多。

而且在我的印象里,戴西对男女的事一直很淡,她陆陆续续说了不少自己的事,可很少说到自己的爱情,很少说到自己的丈夫,就是在她的回忆录里,她也只是简单地写了一句:"1934年我嫁给了YHW。"有一次我追问,她也只是说,"我喜欢我的丈夫,是因为和他在一起,很有意趣。"

她真的不是我们想象的那样洋派的女子,到处在人脸上印大红唇印子,追着人叫蜜糖,她是温婉的。

"那我就会觉得她的丈夫有故事。"他说。

这也正是我猜测的,她的自尊和婉约后面,也许藏着一些遭负心的伤痛。她爱上的真的是一个人见人爱的丈夫,而她的丈夫是一个无法满足于过居家生活的男子。1943年儿子中正出生时,戴西难产,在医院两天生不下孩子来,女儿静姝正在家里静养肺炎,他还是去俱乐部玩牌到深夜回家。这是一个会让你非常高兴,但不会对你负起全部责任的丈夫。

他是戴西生活中的音乐,而不是粮食。

像小时候在幼儿园睡不着觉,就用指甲挖墙上的小洞一样,一开始是很小的一个洋钉洞洞,后来挖到能伸进去小指头,最后，突然一大块墙皮酥软着掉下来，露出里面青青的砖头。对戴西感情的探索，也是这样从很不起眼的小洞开始的。

戴西说起，有一次，爹爹的姨太太到大房子里来找妈妈，戴西不喜欢这个把爹爹从家里抢走的人，就站在自家楼梯上看着她不说话。姨太太什么也没有说，上楼去找妈妈了。戴西等在楼梯上不走，等到姨太太下楼来，她还是那样默默地瞪着她。她就站住了，对戴西说："你妈妈知道的，要防的，就是我一个，而我要防的，却是所有的女人。"

后来，历经了世事沧桑，戴西已理解了姨太太，与她保持了融洽的关系，并一直与同父异母的弟妹们友好相处。

中正回忆起小时候爸爸得了病，住在私人的大华医院里，他们和戴西一起去看爸爸。可他们在病房里吵了架，那是父母第一次当着孩子的面不开心，可是为了什么，他不知道。爸爸后来哭了，但妈妈没有。

最后，戴西婚姻生活里的那堵青砖墙，终于很没诗意地被挖了出来。在1940年代上海的一个晚上，戴西由波丽的丈夫，吴毓骧在清华大学留美预备部时代的同学陪着，到一个年轻风流的寡妇家里，把丈夫找了出来，并带回自己的家。那个年轻的寡妇，曾是戴西一家的熟人，抗战期间，他们一些朋友曾每星期到各家聚会，吃饭，打牌，聊天。她的丈夫去世时，戴西一家还去静安寺参加了超度的道场。

那个晚上，戴西是开着家里的黑色福特车去的，还是坐别人的汽车去的，我们没人知道；她用什么方法知道了丈夫和别人的秘密,是偷看了他的抽屉,还是跟踪了他,或者是有人向她告密,我们也不知道;看到自己选来的丈夫不光让自己享受生活,也是别人指上醇香的香烟,她要到别人家的房子里带回自己的丈夫,她是不是伤心和自怜?是不是愤怒和屈辱?中正和静姝也不知道。因为她从来没对人说过这件事,没有说明,没有抱怨,没有揭露。这是因为戴西的体贴,旧式女子的宽容,还是因为戴西对一个永不静心的男子的绝望?或者说,她明白自己选了这么一个永远新鲜的丈夫,就要拿出风筝线的勇敢?我们永远不会知道了。

我的想象里,戴西去按响寡妇家门铃的时候,她会用那眼尾长长的妩媚的眼睛直视那个女子,然后扬着她的下巴,说:"我要找我的丈夫。"从门厅里泄出来的灯光,会照亮她美丽的脸,像笼婚纱那天一样漂亮的脸。

到吴家去玩,还是郭家和吴家小孩的节日,直到戴西的葬礼时,头发花白了的晚辈们回忆起那时的吴家,就说:"那时候他们这一家人,都那样好看,那样体面,那样幸福,家里那么温馨,家狗那么漂亮,客厅里的圣诞树那么大,福州厨子的菜烧得那么地道,真的像是好莱坞电影里才有的十全十美。"

他们总是以为要是没有1949年,戴西肯定会一直生活在好莱坞电影里。实在生活不会那么简单,也不像电视剧所喜欢的那样滥情。

∗ SHANGHAI PRINCESS ∗

1935

二十六岁

富家女子的梦想
A DREAM OF THE GIRL FROM A RICH FAMILY

She was a modern female who was ambitious to establish her own independent cause, and not a woman whose job was only to wait upon her husband. Thus, for the first time, she showed her own will, striving for the ideal of an independent life.

她还是一个兴致勃勃建立着自己的独立事业的现代女子,而不只是一个以丈夫为职业的女子,在这时,她第一次展现出自己的希望,要求并争取着独立人生的理想。

1990年，戴西在美国参加了一个大学的写作班，老师在教学生写作技巧的同时，鼓励他们把自己的生活中印象最深刻的事写下来。在一次作业里，她回忆了1935年她在上海的经历：

我的一个朋友，海伦张，从纽约回来了。我们在高中时代是同学，自从1927年她离开上海，我们就没再见过面，再见时已经是1935年了。我想海伦已经变成一个不那么守规矩的人了，她打扮得不同寻常，她在手指甲上涂了黑色的指甲油，在指甲尖上加了绿色。海伦提议我们俩一起开一个时装沙龙。她在纽约学了时装设计，她设计女式长礼服，我做经理。

我们在公园饭店（国际饭店）租了一间房间做我们的工作室，我们叫它"锦霓"时装沙龙，它的读音像海伦的中国名字，不过字形不同。我们要全部使用中国纺织品，我们的顾客是外国旅游者。我们确定，我们会为每一个客人单独设计长礼服，所以，不会有两件礼服是重复的。

我们找遍全城大小丝绸店，我们学会了许多技巧，怎么可以在街头巷尾那些看上去毫不起眼的小商店里觅到好东西。然后，我们决定要去杭州，那是中国的一个出产丝绸的重要城市,我们想到那里买到一些清朝式样的长衫,海伦对用它们改装成现代的晚礼服很在行。在杭州有许多东西可以买。

我丈夫YH的一个朋友要带他的女朋友去杭州玩,于是,他邀请我们和他们同车去。我很喜欢开车旅行,那真的很可爱。那辆车左边的前门有点问题,从外面打不开,所以每次我要进去,都抱怨,都告诫他最好要把门修修好。YH认识路,他开车。海伦和我坐在前面的座位上,到了杭州以后,我们和那一对分开,去采购,第二天我们再集合一起回家。

当我们准备发动汽车回家时,天已经要黑了。当我们就快进入上海时,我们来到一座桥边,当我们的车上到桥顶,我看到有几个人挥手要我们停车。我以为他们是检查车辆的警察,但是我随后就注意到其中有一个人手里拿着枪,而且他们没有穿警察制服。我们的朋友在后座上大叫:"快开,他们是强盗!"

在YH踩油门前,外面的一个人想要打开门,可那扇坏门打不开。谢谢我的幸运星,这门不听使唤,这次我没有抱怨它。我们发动起汽车,强盗们发火了,朝我们开枪。我觉得自己脸上一阵风过。子弹穿过玻璃,打在车顶棚上,在那里穿了一个小洞。碎玻璃一下子盖满了我的脸。

我看着海伦,大叫起来:"你出血了!"她看看我说:"你也在滴血。"这时,强盗们又追过来两枪。可我们已经逃到他们的射程外面去了。我们飞速开回上海,一到上海,马上到离我们最近的一家医院里去,我的脸上有二十三处口子,在清除了我脸上的玻璃碴子以后,发现没有更深的伤口。子弹从我头上飞过,打到了车子的顶棚上。

我们离开医院的时候,大家都觉得饿了,我们就去"吉米厨房"吃东西。这时我灵机一动,这是一个机会,可以让报纸宣传我们的"锦霓沙龙",所以,我在餐馆里打电话给城里所有的英文报纸,问他们想不想要一个故事。如果他们想要我们的历险故事,就马上派记者到"吉米厨房"来。第二天早上,我们都出现在报上,还配了汽车以及子弹洞的照片,当然提到了在公园饭店(国际饭店)的锦霓时装沙龙。

1990年戴西去纽约的时候,又见到了五十三年没有见面的中学同学海伦张,这一次,她们是在第五大道上的一家咖啡馆里喝咖啡的老夫人了。她们说了许多话,临走时,海伦知道戴西的旧剪报已经全部遗失在"文革"中,她从自己家带来了一份锦霓时装沙龙的剪报送给戴西,甚至包括一张顾客的丈夫写给她们的感谢便条,感谢她们使他的太太如此漂亮。

现在已经没有人知道她们的锦霓时装沙龙了,当然也没有人知道她们曾在一起创立了中国第一家现代女子时装设计沙龙,用中国的原料设计合适都会妇女穿的长礼服,没有人知道她们的理想是做出合适中国妇女的现代美服,走出一条不同于

二十六岁，富家女子的梦想

当年的巴黎也不同于当年的北平的时尚路线。戴西把那些小心保留在海伦家的旧报纸去做了拷贝，那是1936年的报纸，记录着她们沙龙开张时举行的时装表演。

锦霓时装

《大公报》报道：
国际饭店今日起举行时装表演

国民党元老张静江女公子张菁英女士最近创设一"锦霓新装社"，于静安寺路国际饭店405号，已定于明日起开始营业。张女士为使各界明了该社内容起见，特于今日起至六日止，每日下午五时至七时，在国际饭店三楼举行时装表演，招待各界女士参观。按：张女士为沪上有名之时装设计专家，所出式样，以能合各人之个性为难能可贵，与市上流行之奇装异服，迥然不同。该社除张女士担任技术方面的工作外，尚有郭婉莹女士任营业主任。郭女士为北平燕京大学毕业生。

《时事新报》记者紫燕报道：
锦霓新装社茶会席上时装表演一瞥

（一）

天降下了夜幕，霓虹灯光更妖艳了。

秋之街头的风是凉的。它吹落了街树的叶子，也吹起了穷人的愁思，天凉了，秋衣在哪里呢？

在国际饭店的四楼上，空气却是温暖的。这时候，这里正展开了一个茶会。四壁投射出来的灯光，照在发亮的茶具上，使你忘记了落叶和秋风。盛装了的太太小姐们坐在沙发上，悠闲地喝着茶，抽着烟，这环境和她们的姿势再合适也没有。

用猩红的蔻丹涂过的、修得光光的手轻巧地夹着支烟卷,烟圈轻轻地向上飘,在明亮的灯光下,她们的脸像是蒙上了轻纱,面前小桌子上的咖啡和蛋糕吐出诱惑的香味,使得融和温暖的空气带着种慵疲的作用,琴音轻轻地响着,像是给小姐太太们的谈话加上节奏。

小姐太太们全是打扮得那么漂亮的,用着轻快流利的英语(虽然她们大半是中国人,相谈的也是中国人)作着上流社会的问候,见着熟人进来,便亲热地:"Oh, Mary, How are you?"

对方也有她一样的"时装"和"英语",于是也怪亲热地回答了一个"习惯"的微笑,同时,伸出了修饰得猩红发亮的纤纤的手来,礼貌地彼此握了握。

(二)

茶会的召集是为了张菁英女士新近设立了一个锦霓新装社。据一位胡先生说,创办锦霓新装社的本意,是想推广些国货到中外的上流社会的太太小姐们中去。因为过去我们的阔太太阔小姐们,置办起新装来,总是喜欢到外商的时装公司去,料子是外国货,价钱也很贵,一袭普通的衣服,总得一二百块钱,现在张小姐却想用中国料子来做时装,价钱方面,自然也可以便宜许多。而且,外国的太太小姐们如果看得喜欢,也可多少赚她们一些钱。其次,则是张小姐觉得我们服装的式样太呆板,而西洋的服装则又太花哨,她想把两者折中一下,使得既不呆板也不太花哨,而在这两者之间,又不失美丽和大方。

至于张小姐的履历,据胡君说,以前是中西毕业的,以后又到美国去研究时装过,她的加入那边的什么学校,原意并不是想回国之后创办什么时装公司,只是个人的兴趣所在而已。近来因为她的亲友时常托她设计时装的很多,例如电影明星黄柳霜,也闻名请她设计了好几套衣服,所以她才决心创办这个锦霓新装社。

她的新装社和其他的时装公司也有有所不同的地方,因为她替人家设计时装时,是得看对方身体的高矮以及个性而定的,因之式样便每件不同,而定价也得随时而定。至于一般的定价,像今天所表演的那几件,大概是五十元至八十元之间,如果采用外国料子,定价至多营业额只在一百元左右,较之外商的时装公司,定价是要便宜得多了。

(三)

在温暖的空气中,时装表演开始了。

表演的时候,没别的不同,只是放在角上的两架 Spotlights 亮了起来,给表演者一些点缀。

模特儿一共是两位,一位是中国人,一位是外国人,表演的新装,一共是八件。当她们出来的时候,一阵掌声欢迎了她们出来。在她们在来宾中间来回地走了一遍以后,又是一阵掌声把她们欢送了回去。

在这一阵阵的掌声间流淌着的,是咖啡与蛋糕,以及香水香粉的香。是"英语"和琴音,是软洋洋的灯光和带着疲惫的富丽的装置。是白色的轻雾,那一层层的烟圈。

窗外。夜的黑幕加深了,霓虹灯的光显得更妖艳。秋之晚风夹了肃杀或从跑马厅更威猛地扑了过来。

旧时的阳光,旧时的风,旧时的欧洲皮草的招牌广告,这是1930年代的淮海中路商业街。戴西的爱好,是有薄薄阳光的下午在这里逛街,这是上海绝大多数女子的享受,窄窄的人行道上,飘浮着埃及香烟、法国香水、新出炉的罗宋面包和新出锅的生煎馒头的温和气息。

在字里行间,能看到记者紫燕与1936年11月4日在国际饭店由戴西组织的时装表演会的格格不入,她觉得在有人连秋衣都没有着落的情形里,锦霓的新装太过奢侈和不近人情,令她无法心平。

可对戴西来说,她的确在锦衣玉食里长大,从来不知道穷人的生活,也没体会到革命者的心愿。从她的生活出发,她想要有自己喜欢的事业。这是她喜欢的时装,她的心愿是推广对国货面料的认同,和中西合璧时装的流行,反对上海人看不起国货的理念,在接受时尚记者采访时,她们说:"现在的上海时装只是光怪陆离而已,不要把自己的国产品看轻了。"她们想让中国丝绸能够与英国呢竞争,让中国女子的衣服很合适自己,很美。她走的是当年郭家在南京路上开永安公司的路线:用世界流行,做中国市场,建立中国人自己的事业。只是,她们的声音在国际饭店豪华的时装秀上太弱了,她们用英语说出这些话来,让大家全不相信。

当时报纸上发表的锦霓新装,如今看来却是完全能让人接受的时髦,而且它里面用世界流行的服装语言表达出来的民族特色,会让人想到要在出国时候为自己置买,用来在晚会上强调自己东方式的秀美含蓄的身体。

在她刚刚从澳大利亚来中国时,在香港码头看到姐姐穿着丝绸衣服,很奇怪,她觉得那不是年轻人穿的东西,那时她穿的是澳洲的天鹅绒裙子。现在她穿着锦霓的中国丝绸新装在《字林西报》上为自己的沙龙做广告,她希望自己是最得体的中国女子。

这是戴西一生中最美满的两年,她有了自己幸福舒适的家,有了开花的爱情,有了漂亮的客厅和家,她是一个年轻美貌的少奶奶,所有少女时代内心的盼望全都成了美满的现实。而且,她还是一个兴致勃勃建立着自己的独立事业的现代女子,而不只是一个以丈夫为职业的女子,在这时,她第一次展现出自己的希望,要求并争取着独立人生的理想。这种独立愿望的第一次,是展现在国际饭店那记者紫燕不能认同的温暖的空气里,好像是暖房里的花朵,但是在戴西以后漫长的人生中,在六十二年以后,戴西去世前的二十四小时中,戴西最后一次看了从前的照片,她在劳改中变了形的手指从许多照片中找出一张老年时为学生的英语口语课录制录音带时的相片,说:"要是我死了,我想要这张照片做纪念照片,因为这张照片显示了,我在工作。"

而在1936年的时候,战争、背叛、灾难以及琐细的日常生活,都还没有来到她的生活里,那时四周的人,像看好莱坞电影里的幸福一样看她的生活。她的脸上有着一生中最妩媚的、最宁静的、最生机勃勃的笑容,连眉眼间的阴影都是甜美的。她的姐姐玩当年新进口的美国汽车,她的哥哥喜欢跳舞,大家都说,四小姐在国际饭店玩新衣服,只要她玩得高兴就好。

· SHANGHAI PRINCESS ·

1944

三十五岁

把微笑丢在哪里
WHERE DID SHE LEAVE HER SMILE

Pregnancy takes away from a woman the sense of mystique and treasure towards her own body while she was a maiden. It also takes away the self-confidence of a pretty girl. The body, which has carried a bady, is by no means tender any more.

怀孕拿去了一个女子在少女时代对自己身体的神秘和珍爱,和一个美丽的女子对自己的自信,被孩子利用过的身体无论如何不再是娇嫩的了。

突然看到八年以后戴西的脸，在那上面看到了成年人的笑容：那样的自制和礼貌的笑容。这笑容像一面轻纱一样笼在戴西的脸上，遮住她在长长的日子里遇到的那些事，那些失望给她的伤害，也小心翼翼地遮住自己的向往。这一年，她三十五岁了，已经是懂得用一个淡淡的笑容将心事关在心里的年龄。这就是成年人的笑容，实际上我们都不能说它是一个笑容，只能说，这是一种成年女子入世渐深的表情，一种淡淡的惊痛，一种沉默的自尊，一种坚忍的安静。她并不想倾诉，所以用一种笑容将话题遮了去。

1936年那飞扬的笑容已经不见了，虽然她的下巴还是高高地仰着，她总是高高地仰着的。

有时，我看着她这年轻母亲的照片，猜想她那国际饭店时代的笑容是丢在哪一年。

是1937年吗？那一年，日本人燃起的战火渐渐逼近了租界，8月日本飞机轰炸了南京路，海伦离开上海去美国躲避战火，锦霓新装社关门了。这一年戴西失去了她喜欢的工作。她怀了孕，于是离开上海去香港。可是她不喜欢香港，在孩子要出生之前又回到上海。日本人炸了她丈夫的牛奶厂，YH失业了。

生活不再是十全十美了，它一点点展开了漫长的苦路，像

1937年，租界树影婆娑的街道上开进了英法军队，停放着坦克和军车。正在向大都市兴致勃勃地迈进的上海被拖入战火，从此，上海的金色梦想被打得粉碎。

罗马郊外的那条砾石的大道一样，当年耶稣在黄昏的大道上急急地赶路，有人问他为什么这么急，他说他急着赶去城里被罗马士兵抓，那是他的命运。我们都不是耶稣，戴西不知道前面有什么在等着她，战火拿去了她喜爱的生活，怀孕拿去了一个女子在少女时代对自己身体的神秘和珍爱，和一个美丽的女子对自己的自信，被孩子利用过的身体无论如何不再是娇嫩的了。在生产的时候，无论你怎么被赞美是在创造着生命，但你知道那时你更像是动物，没有一个女子洁净的尊严。

戴西的笑是丢在这一年吗？

或者是在1941年？那一年戴西的第一个孩子静姝已经三岁了，是个头上打着大蝴蝶结，穿着缝满了蕾丝的连衣裙的漂亮小姑娘，她记得那时爸爸失业在家里，天天出去玩。妈妈为中华医学会的杂志拉广告，妈妈喜欢与德国人合作，有时妈妈开着家里的汽车带着她一起去拜耳大药厂，小时候的玩具里，也有来自拜耳大药厂的东西。

那一年出家门去工作,不像第一次做锦霓新装,这一次有了补贴家用的意思。但事情并没有糟糕到非出去工作不可,家里的佣人一个也没有离开,所以,里面还有戴西自己愿意出去做事的心愿。所以,上海的太太小姐圈子里说这骄傲的郭家四小姐千挑万选,还是嫁错了人,落得自己出去抛头露面。她并不真正十分介意,她不以为能工作是丢人的事,一个女子能靠自己的工作挣钱,总比寄生要光荣。自己什么都能做,才是值得夸耀的,就像二十年以后,她在青浦劳改地挖鱼塘,别人不相信她能坚持下来,可她不光坚持下来,还完成挖鱼塘的指标,回到家,她得意地对自家的孩子说,没有什么是妈妈做不到的,也没有什么能吓住妈妈。不过,这一次工作也没能继续下去,不久租界解散了,她因为不愿意与日本人一起工作而再次回到家里。

还是戴西第二次失去她喜欢的工作,这时她明白自己想要的生活是独立的,创造的,但是她还是没有找到。

戴西的笑也会是丢在这一年里的吧。

或者是在1943年。这一年戴西家的经济情况不行了,丈夫挣不到足够的钱交房租,于是她带着全家住回娘家。

我猜想,这一年她对丈夫应该是失望的。他一直幻想要迅速致富,因为一劳永逸以后,他就能好好去研究他喜欢的各种新鲜流行的玩意了。他实际上真的是一个不想建功立业、只图风流倜傥的公子,所以面对一个男子养家小的责任,他感到自己的力不从心,于是他总是投机,他开酒厂,失败了,与人合伙

年幼的中正。

做生意,失败了,1943年的生活对他来说,太严峻了,他不能担当起这日复一日的平淡日子。10月,中正出生,戴西难产,他仍旧离开产院,去过他的夜生活。也许他不是不爱她,他就是无法担当他为人夫、为人父沉重而乏味的责任。

我不知道戴西是不是像大多数女子那样,对自己爱的人,在心里放着一个英雄救美人的梦幻,怎么也不能相信一个一起吃饭时为自己拉开椅子,一起出门时为自己拉开大门,舞厅里要是有一个座位要让自己坐下而他站在身边的人,却在自己为他生孩子难产时,不肯等在医院里,而是去俱乐部玩纸牌。

总之,一点一滴的,戴西失去了从前脸上的透明,她仍旧秀美富丽的脸上敷着成年女子的笑意,像是1940年代女子用的那种肉色粉底,密密地遮住原本的颜色。就像绝大多数这样的母子照片一样,母亲的怀抱里,年幼的孩子仰着胖胖的脸,毫不知情地欢笑。

⋆ SHANGHAI PRINCESS ⋆

1945

三十六岁

来得快，去得快
EASY COME EASY GO

Together with a few friends, she asked an exiled White Russian chef, who used to serve in the Royal Russian Palace, to come over and teach them make cakes. Thereafter, Daisy would never like to have the cakes sold at the local bakeries.

她和几个朋友请了流亡到上海来的俄国宫廷点心师来家里,教她们做俄式蛋糕,以至于戴西终生不愿意吃在上海西点店里卖的蛋糕。

这一年，太平洋战争随着原子弹的爆炸而终于结束。

国民党接收大员来到上海，戴西的丈夫发现，原来中央信托局局长刘攻芸是亲戚，于是，他由刘攻芸安排，进入国家敌产管理局工作，负责管理德国人在沪的资产。自从1920年代回国，一直事业不顺的吴毓骧终于时来运转。

逸园舞厅曾是上海的外侨非常喜欢的地方，到了晚上，能在那里看到世界各地的人消磨他们的上海之夜，甚至连乐池里的乐手都有从牙买加来的。在那跳舞的人群里能否找到戴西和她的丈夫？那是他们生活中的某一个平和的晚上，他们共舞，他会带着戴西跳新近流行在舞厅里的舞吧？也许是吉特巴，美国风味的快舞，女子跳起来，在妖娆里有一点粗野。

吴毓骧也和当时的同事一起，多少将没收的德国战俘财产占为己有，使得他那"get rich quick"的理想终于得到实现。吴宅的日子一天天丰厚起来。熬过了战争，吴宅的日子，真的开始花好月圆了。当时还是个孩子的洛仑日后回忆说：

> 三舅妈家里的家私是清一色的福州红木，擦得雪亮，银器和水晶器皿是一大柜一大柜的，沙发又大又软，坐进去好像掉进了云端里。三舅妈的圣诞树高到天花板，三舅妈的厨子做的福州菜最好吃，她做的冰激凌，上面有核桃屑。
>
> 三舅三舅妈去逸园跳舞，回来说看到了影后胡蝶，还看到标准美人徐来也在跳舞。
>
> 三舅妈生了表妹，头顶绑了个大蝴蝶结，漂亮得像个洋娃娃，小表弟，胖嘟嘟的，口里唱着童谣：来叫 come 去叫 go，侬格 father 就是我。

有一次，吴毓骧回家，为儿子带回一整套当时在上海非常罕见的欧洲玩具战争模型，许多造型逼真的小兵，大炮，飞机，步枪，小旗，全是用上好的塑料做的，半个小指大的小兵身上，能看出来军服的纽扣，那是从德国战俘家没收来的东西。当时那套精致的小兵，让中正非常喜欢，所以他一直保留着它们。

说来吴毓骧是喜欢得意的生活的，这段时间是这个麻省理工学院的工学士很愉快的日子，他能给自己，也给家人带来春风得意的日子。戴西没再出去工作,她和几个朋友请了流亡到上海来的俄国宫廷点心师来家里,教她们做俄式蛋糕,以至于戴西终生不愿意吃在上海西点店里卖的蛋糕。而到四十年以后的1980年代,她当年的厨子摔断了腿,躺在阁楼上没人照顾,她在家里做好蛋糕,乘公共汽车给厨子送去,那又是后话了。

戴西家养了一条非常漂亮的德国种大狗,一直到戴西葬礼后的家庭聚会上,还有人提到那时的狗。

那段时间,戴西过着无忧无虑的少奶奶的日子,孩子已经大了,她在考虑让自己的漂亮女儿跟一个白俄老师学芭蕾舞。她亦陪着爱玩的丈夫打通宵麻将,吴家牌桌上的椅子没有靠背,戴西能打一整夜牌,都不用靠一靠。

二十年以后,这套玩具兵在吴家被扫地出门时,被再次没收。这一次,它们落到哪个男孩子的手里,被谁的爸爸下班时带回家,就不再有人知道了。中正说,在玩具兵被没收的时候,他记起来,在爹爹把玩具兵下班时带回家来的那天,戴西在一边看着,说:"Easy come, easy go。"

但吴毓骧说起来,真的是一个性情中人。他总是按照自己不那么谙熟世故的心思去处世,像个鲁莽的孩子。

1919年的时候,他完全没有革命者的思想基础,而他亲身参加"五四"学生游行,还被警察抓起来,关到监狱里。

1945年的时候,他作为战胜国的官员管理德国敌产,可他觉得那些远在中国经商的德国人不是敌人,所以他虽然把人家家里孩子玩的玩具兵带回家给自己孩子玩,但一直善待那些德国商人,和他们成了朋友。后来,德国人回了国,就与吴毓骧一起做进口生意,这使他终于做成了一个公司,成了老板。

1949年解放的时候,他的事业很好,他的家庭很好,他送洛仑一家离开大陆时说:"日本人在上海时,上海人照样过好日子,共产党更没什么好怕的了。"

1956年他的公司正式与国家合营,那一年永安公司也与国家合营,当时的永安总经理在家里唱京戏《山东响马》,而吴毓骧去跟着职工敲锣打鼓。

1956年的时候,他参加工商政治学校学习,对政府"大鸣大放",成为右派,被革去经理职位,要他做小工,他回家对孩子说,要他擦地,可是他不知道怎么把拖把拧干。

1958年他在办公室被捕,有一个匿名电话打给戴西,告诉戴西,吴毓骧的汽车停在九江路上。当时所有的资本家都已把私家汽车锁在自家车库里,改雇三轮车上班,并穿中山装,只有吴毓骧,是一直开车开到最后一天。当戴西在九江路找到自家那辆黑色的福特车,将它开回家时,才发现它的车况很糟,根本是不能再开的。那时她想,也许他天天开车,是等待一次事故。

1963年,吴毓骧被判需向国家偿还巨额美金和人民币,他的家产,连同戴西的首饰衣服,甚至那件当年在葛文斯基照相店里照了许多相,如今已经开始老坏了的婚纱,皆被充公。

SHANGHAI PRINCESS

1946

三十七岁

波丽安娜
POLLYANNA

Pollyanna would always say: "I have never believed that we ought to deny discomfort and pain and evil, I have merely thought that it is far better to greet the unknown with a cheer."

波丽安娜总是说："我永不相信我们就应该拒绝痛苦、罪恶和不适，我只不过是想，先愉快地迎接不知道的将来，要好得多。"

这时候，谁也不知道将来会发生什么，1946年的戴西一家，因为境况的改善和孩子的长大，开始常常合家出去旅行。

孩子们跟妈妈很亲，这出乎我的意料。原来我以为知识妇女的母亲不会让孩子感到非常亲切的，特别是美丽的母亲。但戴西的孩子们说，的确妈妈不管他们吃饭，也不陪他们睡，那都是佣人的事，可是妈妈是研究儿童心理学的，她总是能够适时地教他们许多东西，她为他们讲了许多故事。她的孩子尊敬她，在乎她，直到静姝六十一岁，中正五十六岁，他们还会争论到底当年妈妈最喜欢谁。

戴西的一对儿女，都有富庶完美的童年。可是在他们的童年里，戴西都为他们读了一本1913年出版的著名的美国童书《波丽安娜》。在英文词典里，波丽安娜从女主人公的名字引申成一个形容词，形容那些盲目乐观、不知祸之将至的女人。波丽安娜总能够直面人生，可她懂得凡事总向好的一面看，要是她遇见了什么倒霉事，她总是能在里面找到有益于自己的东西，并开心心地受用那些有益于自己的东西。波丽安娜不在乎钱，喜欢自然淳朴的事物。波丽安娜总是说："我永不相信我们就应该拒绝痛苦、罪恶和不适，我只不过是想，先愉快地迎接不知道的将来，要好得多。"

也许它是戴西自己童年时代,在中西女塾的图书馆里读到的书,是她从小喜欢的书。在 1920 年代的美国,它是畅销书。可那时在校园里总是高高地仰着自己的下巴、不爱理人的戴西为什么会这么喜欢波丽安娜呢?

静姝和中正记得,在妈妈的嘴里,波丽安娜是真正不可战胜的女人,什么都不能损害她。可为什么戴西要在睡前读书的时候,为女儿和儿子讲波丽安娜呢?要是戴西知道从 1950 年代开始,她将有这么漫长的磨难,我想,她会在 1949 年时与许多郭家亲人一起移居海外。

而到了漫长磨难开始以后,静姝因为家庭关系,整个中央芭蕾舞团出国演出了,就留下她和几个家庭背景不好的演员不能去。中正好不容易在政策松动的那一年上了同济大学,却成为反动学生被关押。这时,他们才常常想起妈妈在床前读过的《波丽安娜》,那个美国的快乐女孩子,成了他们的精神榜样。

1966 年 12 月,戴西和中正被红卫兵扫地出门。他们搬到一个下面是厨房的小房间里,六平方米大,与房子里已经住着的另外两家人一起合用厕所。当他们把几件被允许带出来的家具搬到亭子间里,他们发现屋顶是漏的,因为中正看到有一缕阳光直接从房顶射到了地上。有朋友找来了几块二手的塑料片,帮他们补好漏洞。有一次中正开玩笑说:"我觉得可以剪几个星星出来,贴在塑料片上。这样我可以想象自己是睡在星空下。"

戴西在回忆录里记录了这件事,并写下了自己的心情。戴西写道:"我很高兴他能在整个事情里看到这样积极的景色。"

1998年的秋天,戴西去世,我、静姝和中正在一起说了那么多关于戴西的事。这时,他们才发现,自己并不完全知道戴西到底遇到过多少可怕的事,她从来没对他们说起过自己在劳改地,在"文化大革命"中,以及丈夫去世在监狱医院时的心情。她从来没有说过自己遇到过什么可怕的事。有一次,她对静姝偶尔说到自己在崇明农场时,跟着大队人马一起去挖河泥的事。"我总是对没见过的事抱着很大的好奇心。当时我已经六十岁,没有力气下去挖河泥了,于是被安排去照看大灶,为工人们烧开水。炉火总是不好,我于是老是往里面加东西,想让它烧得好。突然我感到火灭了,我马上把头伸进去,想看看到底怎么了。这时从烟囱里吹下风来,炉里的柴突然燃烧起来。我的脸上立刻遍布黑灰,半边的头发和眼睫毛被烧掉了。"

"她说这些的时候,并不是诉苦,而是带着一种骄傲。好像是说,你看,我还是做过这些事。我是能干的。从前她还告诉我她在法国公园门口卖咸蛋,她能找出来什么蛋的蛋黄煮熟了一定有油。那时候是我们家刚刚被扫地出门,根本没人知道明天会有什么可怕的事情还要发生的时候。她老是抬着自己的下巴,很神气地说这些别的资本家也许会觉得过不去了的事。照我看来,那就是波丽安娜的样子。"已经六十岁了的静姝说。

他们的妈妈戴西,也是他们的精神榜样。

中正说到词典上对 Pollyanna 这一条的解释,说:"词典解释错了。那种乐观是比盲目要坚强的东西。只要看我妈妈,就会明白。"

  在 1946 年杭州明丽的阳光下,这个穿着大花旗袍的美丽太太,这个敞着开司米毛衣的精致小姑娘,这个结结实实、神情安宁的小男孩,这三个晚上睡觉前分享波丽安娜并喜爱她的人,我真的为他们庆幸,庆幸他们能在静好岁月里就已经读到并喜爱波丽安娜,就像阳光永远留在照片上他们的脸上一样,波丽安娜也永远明亮地留在他们心里。

★ SHANGHAI PRINCESS ★

1948

三十九岁

美妇人之月的阴面
EVEN AN ELEGANT LADY HAS HER DARK SIDE OF THE MOON

After this, her life was full of upheavals. Like a nut being smashed open, her soul and spirit sent forth such aroma, which would not have been given out if they were confined by ordinary life. Since then, her life became one that was aesthetic. Others saw magnificence in it, yet she herself endured endless suffering.

而在此以后，她的生活充满惊涛骇浪，像一粒坚果被狠狠砸开，她的心灵和精神散发出被寻常生活紧紧包裹住无法散发的芬芳。她的人生也从此成为审美的人生，别人看着壮美，但她历练苦难。

在这一年，戴西漂亮的女儿静姝已经到一个白俄芭蕾舞演员在上海开的私人学校里去，学了一年俄国式的芭蕾舞了，以后新中国的好几个著名的芭蕾舞演员，小时候都曾在这里由俄国老师启蒙。这几乎是静姝童年时代最美好的一段日子，那时她是个理直气壮的小姑娘。

戴西胖胖的儿子中正是戴西心爱的，他生性很温和，而且老实，他喜欢小动物，小时候他是吴宅里狗的好朋友，也是吴家

中正小时候的小羊伙伴。

小花园里羊的好朋友。要是他摔了一跤,会放大声哭,而要是他高兴,他也会放大声笑。像所有家里比较小的那个孩子一样,他也常常做姐姐的跟屁虫,虽然大孩子不那么愿意他跟着,他也在所不计。

1947年,吴毓骧终于开出了自己的公司——兴华科学仪器行。他在敌产管理局时期管理的德国人回了国,因为非常时期建立起来的体贴,德国人开始跟吴毓骧做医疗器械进口到上海的生意。吴毓骧经历了失败的牛奶厂生意、酒厂生意,终于自己站住了脚跟。到1948年的时候,他已经成为一个稳定的国际贸易商人。他的发际向后退去,他脸上的皮肤开始松弛,那爱玩的年轻时代神情里的机灵与时髦,已经渐渐融进了中年人的持重和倦怠。

而戴西,已经成为一个成熟的美妇人了,她的脸上除了美和宁静以外,还能看出来所经历的人情世故的痕迹,那是一些含而不露的力量,使她能将一家体面的人轻拢于自己的肩下。她使得这一家人该是漂亮的,都漂亮,该是健康的,都健康,她已经不是那个小心翼翼对待婚后第一天早餐的小妇人了。那时她家里有一个叫松林的男孩子做茶房,一个叫金花的女人做佣人,还有一个福州菜厨子。松林常常不小心把碗打碎,金花就向戴西告状。过了五十年,松林回忆起来,说:"少奶当着金花的面说,要是碗都是不会碎的,还要碗铺子干什么呢?后来,等没人的时候才对我说,下次不要一次拿太多碗,小心一点。少奶是好人。"五十一年以后的初秋黄昏,松林为戴西送终,为她擦去她最后从眼里流下来的泪水。

戴西是一家人的核心。要是你用手把她遮去的话,你会发现这张完美的合家欢突然散了架子,靠着她右边的静姝,从大大眼睛的自信与探究里浮现出惊讶与不安;而靠在她左面的吴毓骧,则有了原来看不见的悲哀的样子,他的脸上有一种火焰将要熄灭时闪烁出来的悲哀。而当你把手指拿开,戴西再现在他们的上方时,这就又是一家让人羡慕的人了。

要是你再用手指把照片上的两个孩子遮去,戴西夫妇之间在气息相通的情形里,少了当年站在石头台阶上的订婚照上的那种欢愉,多了一种共同担当着什么的伙伴的默契,和一种微妙的疏离与抵触,这是稳固而烂熟的夫妇的神情。这应该就是经历了一些不寻常的事以后,尘埃落定的夫妇的样子吧。

戴西的生活,在 1948 年是安稳的,平静的,就像所有建立了十多年的家庭一样,好像往肩后一看,已经能望到几十年以后的日子。也许她的孩子就这样一天天地长大成人,她的丈夫也这样一天天老了,负责了,白头到老,像 1948 年的贺年卡上写的一样:岁月静好,日子就这样地过去,一直到谁都要遇到的生老病死,没有什么可以抱怨的。

要是这样,戴西就会像一个没有打开的核桃,谁也不知道在淡褐色的硬壳里,她有一颗怎样的心,蕴藏着怎样的精神。

我是在近四十年以后,才第一次看到戴西的相片的。那是在一个朋友家里,他是个建筑摄影师。我看到两张并排放在一起的幻灯片,一张戴西的订婚照,另一张是新近戴西到原来的台阶上去照的相,黑发的女孩子成了白发人,身边的男人已经不见了。那是我第一次含含糊糊地听到她的故事,是一个富家女在红色城市里如何受苦的故事。其实那些落难时的对比和受苦的故事并不是独一无二的,所以我记住了,但没有感动。

后来,又过了几年,我新认识了一个朋友,她从新加坡来,希望我和她一起去看一个老人,她说那是个有意思的老太太,吃了那么多苦,可是六次离开中国,又六次回到中国来。在新加坡时遇到她,听她说,有一晚她做梦,梦到"文化大革命"又来了,梦醒以后,她想要是"文化大革命"真的又来了,自己是不是还能再经历一次。她的结论是,她还能再经历一次。我的朋友大笑地说:"你说这个老太太好不好玩?她吃了这么多的苦,好像很不在乎啊,这是我们在海外的人不能想象的。"这一次,我和她一起去看了老太太。很冷的天,她站在小圆桌前,把一架老式的石英管取暖器向我推过来,说:"你暖一暖,天太冷了。"这就是老年的戴西,那天她的头发如雪,穿着天蓝色的毛衣,还是很美的一个人。

那天我们说到了她的生活。她说:"要是没有后来的解放,反右,四清,文化大革命,我是不会吃什么苦,可是,我也永远不知道我能吃什么苦,我有多大的力量。现在,我可以说,我经历了许多不同的生活,我有非常丰富的一生。"

解放拿去了她的生活方式,"反右"拿去了她的丈夫,"四清"拿去了她正常人的生活,"文化大革命"拿去了她的房子和家里几乎所有的东西,以及她的家庭,从1966年起,她开始独自生活。

在看这张照片的时候,我想起了第一次听戴西说这话时的情形,想起了上海阴冷的冬天里那没有暖气的房间。这张照片轻轻地、无意识地在戴西的生活上画了一条线。在此以前,她有着像汉堡包一样柔软轻易的人生,那是别人看着平淡,而自己过得舒服的人生。而在此以后,她的生活充满惊涛骇浪,像一粒坚果被狠狠砸开,她的心灵和精神散发出被寻常生活紧紧包裹住无法散发的芬芳。她的人生也从此成为审美的人生,别人看着壮美,但她历练苦难。

"要不是我留在上海,我有的只是和去了美国的家里人一样,过完一个郭家小姐的生活。那样,我就不会知道,我可以什么也不怕,我能对付所有别人不能想象的事。"

八十七岁时,冬天一个人独自住在没有暖气的房间里的戴西,骄傲的微笑像钻石一样在脸上闪烁。现在回想起来,在我和她第一次见面的时候,她就吸引了我,那就是因为她脸上那不可多见的笑容,在老人的脸上,那生机勃勃的、骄傲而妩媚、顽强而俏皮、清新而甜蜜的笑容,那常常只能在孩子脸上见到的笑容。现在我是这样怀念她的笑容,在我的记忆里,她的脸,像黑夜中池塘里的鱼一样,带着水声跃出了水面,发亮的身体在暗色中划过,我感到它,但看不清它。我真的想要再次见到它们。

八十七岁的垂垂老年,她是这样审美地回望自己的生活故事,好像是在庆幸自己没有平静而乏味地度过漫长的一生。记得在与她相处的最后一年里,有一次她给我看了一本在新西兰出版的图片书,照片上全是老人,她说:"只有一个人真正老了,才是没有 fun 的。什么也做不了啦。"这就是她唯一一次对自己现状的抱怨,那天,她接着说,"你看他们脸上的皮肤,那么松,他们的笑都被皱纹埋起来了,不好看。"

美满有时对漫长人生来说是乏味的吧。但是有谁用自己的手主动打烂美满的生活呢?何况戴西这样随缘的人。现在戴西漫长丰富的一生在她留下来的照片上蜿蜒而过,从理性上说,我觉得要是戴西一生把合家欢的气氛保持到最后,是对她品质的浪费,要是没有以后的五十年,她的品质就是一颗终于没有被强力敲开过的核桃,世界上永远没人知道她有这样芳香的心,也许包括她自己。可要从感情上说,对她要经历的惊涛骇浪,我常常不忍心多问,因为戴西说过,要是自己再说一遍,常常就像又经历了一遍一样。

戴西留给家里人看的回忆录,写到 1970 年代便戛然而止,她自己说还没有完成,可常常不再有继续写下去的勇气。是不是因为相对平静的 1970 年代以后,没有多少再激动人心的事情了呢?就像经历了从前奢侈的生活以后,戴西对它们在回忆录里几乎没有描写一样,经历了直落的生活,戴西对劫后余生的寂静,也一笔带过。实际上,是她常常不愿意多说的艰难的生活,使她成为一个了不起的富家女子。

· SHANGHAI PRINCESS ·

1951

四十二岁

尚不知魏晋
TOO NAIVE TO FORESEE WHAT WAS LOOMING AHEAD

They often traveled between Shanghai and Hong Kong, and never felt the necessity to leave forever. At the time they really believed, as all Chinese people, that the Fifties were the Golden Age.

他们在上海与香港之间来来往往，从没觉得有什么必要一去不回来。这时，他们真的与全国人民一起认同，1950年代是金色的年代。

兴华科学仪器行的生意做起来了，戴西开始常常陪丈夫到香港去。1951年以后的三年左右，是留在上海的民族资本家的黄金岁月，经过国内内战时的混乱，经过1949年前夕去与留的彷徨，好不容易，在新鲜的红旗下舒了一口气。他们在开始和平的年代里，感到尘埃终于落定，自己如果好好努力的话，在没有战争、没有溃兵、没有黑社会敲诈的社会里，会大有前途。就是像吴毓骧这样爱玩了一辈子的人，也在这时豪情万丈地投入到自己的生意里去。

在香港，他们看到许多在上海过着安稳生活的熟人，困在南方那个小小的混乱的半岛上无所适从。香港在1950年代初与上海比起来，就像一个小县城，而突然云集了整整一个讲上海话的、受了高等教育的、在大都市里生活过的精英阶级，他们想用上海模式在香港继续自己的生意，但在没有发展起来的市场上很快一败涂地。在被当地穿香云纱和木头拖鞋的潮州人操纵的股市上，上海的熟人们输了最后一根从上海带来的金条以后，从上海来的时髦小姐们，为了家用不得不去舞厅做了舞女，上海来的骄傲的小开们，也不得不卖掉了刚刚买的美国汽车。而大多数郭家的亲戚们，开始迁徙到隔着一个太平洋的美国。

戴西他们夫妇目睹了1950年代在上海移民中发生的一切，当时他们还在心里庆幸自己的选择。庆幸自己没有头脑发热，亲手毁了自己的生活。像当时大多数留在大陆的资本家一样，他们对1950年代初清明欢腾的社会抱着真切的好感。

　　留在上海的朋友像从前一样，又恢复了周末聚会。那些当年躲日本人后来躲国民党的朋友，都从藏身的地方回来，重拾过去的日子。这个1951年的午后，他们吃了家里大厨做的饭，谈了天，太太们说到跟着晚报上的插花专栏学习插花的心得，小孩们在外面疯过了，被大人招呼来一起照相。

　　日后，要是让戴西拿放大镜看照片里那时儿子有多高，女儿的辫子有多长，她一时不能确定这张照片的年代。她常常分不清这是解放前还是1950年代初的照片。在她的记忆里，那些年没有大区别，只是国民党的青天白日旗变成了共产党的五星红旗，而他们从来就不那么注意旗帜的不同。

　　那一年他们在上海与香港之间来来往往，从没觉得有什么必要一去不回来。这时，他们真的与全国人民一起认同，1950年代是金色的年代。

　　直到有一天，他们去香港的申请不再被批准，他们还是想，不去就不去，没什么要紧，照样过自己的日子，做自己的生意。

* SHANGHAI PRINCESS *

1954

四十五岁

再次成为职业妇女
BECOMING A CAREER WOMAN AGAIN

这一年，国家开始控制外贸生意，不允许用英文以外的语种与外国通信。兴华科学仪器行做的是德国生意，来往信件本来由雇用的德国秘书处理，现在只能改用英文，于是，德国秘书回了国，生意上的信

件就由公司的职员写好，送到戴西家里来，让她润色。久而久之，戴西正式作为公司的英文秘书参加工作，这一次，是她第三次走出家门，成为职业妇女，每个月从公司得到两百元人民币工资。

· SHANGHAI PRINCESS ·

1955

四十六岁

戴西穿上了长裤
DAISY WEARING SLACKS

This was the first time that I saw Daisy with slacks in her photograph, and it felt strange. This reminded me of once seeing a girl, with beautiful Japanese silk stockings, put on a pair of white sneakers.

我第一次看到戴西穿着长裤的照片,感觉有一点奇怪,让我想起有一次我看到一个女子将一双穿着很漂亮的日本丝袜的脚,穿在白球鞋里。

戴西在四十三年以后，指认一生中各个阶段的照片时，有许多照片，她已经不能记得是在哪里，是谁为自己拍的，也不记得是在什么时候，她就点着照片告诉我说："你看我穿的是什么衣服，要是西式衣服，一定还没有从默梯尔（中西女塾）毕业。要是我穿裤子，或者是穿由旗袍改成的大襟上衣，就一定是1950年代中以后。"

于是我找到这张，她穿着从旗袍中间剪开的大襟衣服，带着已经长大变瘦的儿子旅行的照片。静姝已经到北京去上舞蹈学校，当芭蕾舞演员了，她是新中国的第一代芭蕾舞演员。这是我第一次看到戴西穿着长裤的照片，感觉有一点奇怪，让我想起有一次我看到一个女子将一双穿着很漂亮的日本丝袜的脚，穿在白球鞋里。

这一年兴华科学仪器行与国家联营，高级职员降薪。吴毓骧带头主动把自己的六百元月薪降到三百元，戴西也主动将自己的薪水降到一百四十八元。

此后漫长的岁月，戴西渐渐将用旗袍改做的上装穿旧了，穿坏了。接下去，她穿的大多是千篇一律的蓝色或者灰色长裤，灰色或者蓝色的大翻领上装，咔叽布或者的确良布的。但她即使穿着全中国妇女的统一服装——那些无论年轻或者年老,瘦小或者胖大的妇女都穿的一样剪裁、一样布料的衣裤,她的身上仍能呈现出一种奇异的整洁和委婉,也许是因为她穿得庄重。因此,我在她此后的许多照片中并没有意识到她潦倒过。

到了1980年代末,戴西才又有了再穿旗袍的机会,于是她又有了一件新的黑丝绒旗袍,仍旧是上海的旗袍老师傅为她收工缝制的。她穿着它去了自己出嫁前住过的家,她找到了订婚时照过相的台阶,那是许多年前,她也穿着一身新缝的旗袍。当她再穿回旗袍时,她仍旧穿得庄重熨帖,没有现在通常穿旗袍的年轻女人不经意之间散发出来的风尘气。

∗ SHANGHAI PRINCESS ∗

1955

四十六岁

双重的生活
BETWEEN TWO DIFFERENT KINDS OF LIFESTYLE

After forty, the life that she had experienced gradually enriched her mentality, and since then, her mentality modified her feature bit by bit. It showed in her wrinkles, her eyes, her shaded smile, and her lips.

四十岁以后，她经历过的生活渐渐丰富了她的心智，那时候开始，她的心智一点点改变她的容颜，她脸上的纹路，她的眼睛，她笑容里的阴影，还有她的嘴唇。

上海的金枝玉叶

从这一年的照片上,我们能看到戴西开始了双重生活,在与公司同事一起去莫干山旅行的时候,她和她丈夫都穿着人民装,他们像被揉皱了的道林纸一样穿在棉布的、朴素的、随着身体的活动布满皱褶的人民装里,依稀能看出他们与新装之间的距离。而在他们的家里,在圣诞节的时候,他们仍旧精心穿起旧衣服,戴西还穿着从前留下来的美国玻璃丝袜。这其实只是一种象征,象征着他们的生活里开始有了一些不能告人的秘密,

莫干山的春游,他们怎么会喜欢站在一大堆乱石之上照相?

躲在小楼窗帘后面的生活,室内有一种紧闭门窗、紧拉窗帘来保持可怜有限的温度的气氛。有时看着这样气氛的照片,就像看着阳光下的雪人,一点一滴地正在融化成一汪水。

他们做什么,不再理直气壮。

后来,戴西回忆这一年的时候,写下了那些不光是在家里放一棵大圣诞树而不是毛泽东画像、穿美国玻璃丝袜和旗袍而不是人民装的秘密。

我们俩一起在外贸上班的时候，我们总是吃完午饭以后，到咖啡馆去。吃午饭时咖啡馆里总是很挤，一个陌生人（对我来说）示意我们可以加入他的桌子，我们就过去了。然后，我意识到YH认识他，他给YH一个袋袋，卷在报纸里，YH马上把它掖到我的手提袋里。然后我们离开，等我们下班回家以后，他叫我把钱拿给他。我坚持要知道那里面到底是什么，他说他与这个男人做生意，这些现金是他应得的利益。

一次又一次，YH让我去见那个叫S的犹太人，从他那里带回一袋袋钱。我猜想有些事不对，但是我总是服从他的吩咐。一次，他叫我去国际饭店顶楼新开的餐馆和犹太人一起吃饭。我是一个神经质的人，那次一点东西也吃不下。等我拿到了钱，我都做不到马上离开。

YH被捕以后，那个人打了个电话给我，要我天黑以后到一个可靠的地方去见他。我去了，在指定的地方走来走去，就是没有看到他。突然他在门边出现了，他拉着我的胳膊，说："我们去一家附近的餐馆，我怕这里有人监视。"（当我回头看的时候，我想我有最坚强的神经。）

我跟着他，他给了我一个纸袋，他说他已经知道YH被捕，所以这是最后一个袋袋了。

以后，我再也没见过他。

此后的一天，我在办公室里，秘书来叫我到另一个房间里去，他们要问我一些问题。他们排出七八张护照照

片,问我是不是认识里面的什么人。我立刻在里面认出了 S 先生,但是我把每张照片都拿起来,看了看,然后摇头说:

"外国人的脸在我看来都是一样的。"我说,"我分不出来。"他们要我好好看清楚。我脑子转着,想要决定到底应该怎么做。

然后,他们中的一个人对另一个人说:"中午要到了,我们吃了饭再干。"他们于是告诉我先去吃饭,再回来。

我回到那间屋子的时候,照片又在桌子上排成一排。我看着它们,然后注意到在边上还有一叠纸。我认出来那是 YH 的笔迹。我假装看那些照片,其实我在看 YH 在纸上写的东西,我看到了那上面有 S 先生的名字,还有一句"只有我妻子知道这些"。于是我明白过来,YH 已经交代了。

我再次看那些照片,表现出拼命在回忆的样子,然后说:"我真的不能说什么,但是这个人看起来有些面熟。"

我挑出 S 先生的照片。

"他叫什么名字?"他们问。

我告诉他们我想不起名字来了,但是他们告诉我再想想,因此我说我以为他的名字应该是以 S 开头的。

"那就对了。现在你告诉我们所有关于他的事。"他们说。

我说了我是怎么在咖啡馆里看到他的,我知道他和我丈夫做生意,也说了有时我丈夫让我去为他收袋袋,但我从来不知道袋袋里面有什么东西。他们对我说的东西满意了,就告诉我可以离开了。

一个女子在四十岁以前的容貌,是先天的,她的美丽与否来自于她的家庭和她的运气。但是四十岁以后,她经历过的生活渐渐丰富了她的心智,那时候开始,她的心智一点点改变她的容颜,她脸上的纹路,她的眼睛,她笑容里的阴影,还有她的嘴唇。因此,许多人都说,在一个四十岁以后的女子脸上,可以看到她的一生,她的心灵,还有她是否真正美丽。

在这些照片上,我们尚不能清楚地看到戴西的变化,她脸上是比从前要多了一些笃定,一些忍耐,一些风情,一些圆通,还有一些由于不得已双重生活带来的一种悻悻然的神情,那是资本家家庭的人从1950年代末开始多少都会有一点点的表情,夹杂在谦恭柔顺的神情里面,让敏感的人将他们与别人,在见到第一面的时候就区别开来。

到了1990年代,她的脸相,经过四十年双重生活的压力,仍旧是温和妩媚的,雪白的卷发环绕,上了大红的唇膏,还是老派妇女的审美观,但我想到了一只狐狸,优雅,聪明,狡黠,它站在黑色的树林外,白色的雪地上,审度着,带着"你知道了些什么?你想对我干什么?"式的疑问,随时准备逃遁。此时,1920年代的率真已经荡然无存。

1998年,在戴西的葬礼开始以前,从美国回来奔丧的中正,十四岁起便与戴西一起经过了艰难时世的男子,在低矮的天花板下望着雏菊和萱草环绕着的母亲的遗像。葬礼上将要播放莫扎特的《安魂曲》,庄严的合唱代替了《葬礼进行曲》,这是不同寻常的,所以管理音乐的人一直在试音,莫扎特的合唱断断续续地响着,上千朵鲜花散发着被切下来以后的汁水的气味,中正垂着双手,那是小时候他留在照片上的样子,他望着母亲的相片,她脸上那种狐狸的神情还在生动地隐现。他的眼睛里充满了眼泪,将整个眼球逼红。那时我想起了玛格丽特·杜拉斯著名的句子:"我更爱你现在备受摧残的面容。"他应该是最理解母亲面容变化的人了吧,这一个"爱"字里面,有多少可以解释成"痛惜"?

* SHANGHAI PRINCESS *

1957

四十八岁

吴家花园湖石边
BESIDE A DECORATIVE ROCK IN HER GARDEN

At the time, under the decorative rock behind them, there was a hole dug in 1952. A pistol was hidden in that hole. That was the third pistol that her husband rook care of for George.

这时，在她们身后的那块小湖石下，有一个小土洞，洞里埋着一把左轮手枪。这已经是她和她丈夫经手为乔治解决的第三把手枪了。

1957年来临的时候，戴西一家还过着小院阳光下的双重生活，当女儿静姝从北京回家来，他们就用自家的照相机在小院里照相，她们穿上再也不能穿到外面去"招摇"的花旗袍在树下照了相，在花园里的小花坛边上照了相，又在草地上照了相。

　　在小花坛边上的石头前照相时，静姝笑着，她是个爽朗的女孩，生活很难在她心上留下阴影来。虽然她常常教训弟弟西式的男女相处之道，一起出去要男子拉开大门，帮助女子脱大衣，要是和一个女子一起去咖啡馆，男子要为女子买咖啡，要是在街上走路，男子应该走在女子的外侧。有时中正忘记了，她会用脚去轻踢迟钝的弟弟。但是从本性上来说，她不是那种真正斤斤计较的细心的小姐，她能够很快就把一切看开了，即使是遇到了后来家里被全面查封，她解释起来，也是双手一甩，说："没什么，我们家照样好好的，呼啦呼啦，他们把我们的家具拿走了，然后，我们家到了'七重天'楼上，郭家已经离开上海的那些人家里去，把他们放着的家具选了选，拿回来用，呼啦呼啦的，又是满满的一大家子，什么也不缺了。"

　　戴西在边上也笑着，她们像是两生花。

　　我想，戴西的心事应该比静姝要多得多。

四十八岁,吴家花园湖石边

这时,在她们身后的那块小湖石下,有一个小土洞,洞里埋着一把左轮手枪。这已经是她和她丈夫经手为乔治解决的第三把手枪了。

在1949年以前,郭家经历过一些未遂的绑架,所以郭家的男人总是随身带着手枪。到八弟乔治打算从中国大陆逃跑出境的时候,乔治最担心的,就是那些在办公室留下来的枪。当时政府不许私人收藏武器,乔治怕惹麻烦,危及自己不能顺利成行而不敢交出武器,所以先拿了两把左轮枪来找戴西帮忙。戴西和丈夫夜里把车开出去,一把枪被他们丢在没人的路上;另一把枪在去波丽家在虹桥的花园里玩的时候,乘人不备包好了丢在花园的小溪里。

在乔治定下日子要走的前夕,他最后去清理解放前就已经离开的二哥的办公室,无意中触到了什么机关,在写字桌的内侧突然跳出一个暗抽屉,里面赫然又是一把枪。乔治说到底是一个不懂世故的老实人,又已经被自己险恶的处境吓怕,他不知道该怎么把那个暗抽屉再弄回原样,于是就再趁黑夜把枪带给戴西来处理。

戴西的丈夫答应要再帮乔治一次,戴西以为他们又要连夜开车出去。可他说,他有了一个新办法,更安全的。他并没有说,只是把枪先埋在花园里再说。他到底有什么新的好办法对付这把其实不存在任何暴动意义的左轮手枪,他没有说,一直到被捕。所以,直到戴西在四十年以后去世,她都不知道他对那把给家里带来了大麻烦的无用的枪,到底是怎么

PAGE (131)

想的。

她的丈夫,当年在可以随时买到枪的时候,玩汽车,玩纸牌,跳舞,迷美式棒球,可就是不玩枪。

乔治星夜逃往南方,经香港去了美国。

戴西则坐在他留下的枪上,笑着照相。她真的不知道这是她最后一张像原样子笑着的相片了,她的生活就要全然改变。

"他们真的没有社会经验啊,"四十年以后重提往事,静姝说,"随便把枪扔在哪里,也不能往家里拿啊!哪怕乔治舅舅就把它留在办公室里呢,反正人已经走了,在美国了,你还有本事到美国来抓我啊。我的爸爸妈妈也是没有社会经验啊,怎么能把那东西埋在家里?随便扔在什么地方不就完了,谁能知道就是他们扔的呢?还要扔到波丽姨妈家的小河里去,后来清理小河的时候,抽干了水,一下子大家看到了河底下的那把枪。把波丽姨妈吓死了。好在我妈没告诉波丽姨妈是她扔的,要不然她肯定说不圆这么大一个谎,又害了一个。"

波丽是宋美龄的闺中好友,那时她已经为自己少女时代有这样一个好友而成了惊弓之鸟。

在乔治离开以后,戴西的丈夫拿了园丁用的铁锹,去院子里埋下手枪,而戴西则在楼上面对花园的小阳台上望着他。那时他已经是五十多岁的壮年人了,挖地不甚利落,或者说,他对这一类的体力劳动从没有任何经验。他弯着高大的身体,他的身影在花园的黑色竹篱笆墙那里泛出白影子来,矮小的棕榈树沙沙地响着。他的脸在眼角的皮肤松弛下挂以后,显现出一种愁苦的样子。这是戴西不能忘记的晚上,上海的平静的、不太凉的、宜人而秘密的晚上,这对年过半百的夫妇做了如此大胆而幼稚的事。

· SHANGHAI PRINCESS ·

1958

四十九岁

最长的一天
THE LONGEST DAY

They never discussed his feelings towards the plight he was in. Maybe Daisy was not as strong as she became later, and neither of them wanted to face the grave shadow that was reaching out for them at any moment. Maybe they wanted to pretend that nothing had ever happened.

他们从来不谈论他对于自己处境的感受。也许戴西还不像后来那样坚强,她和他都不想面对越来越近、伸手可及的巨大阴影。也许他们都想装作什么都没有发生的样子。

这一年,被划为右派的丈夫吴毓骧被捕。戴西从此开始她炼狱的生活。

在1956年,兴华科学仪器行与政府正式合营,并入上海机械进出口公司。吴毓骧从资方成为机械进出口公司的业务科长,被派到上海工商界政治学校去学习。在学习期间,他一边被洗脑,一边参加了对共产党的大鸣大放,当时,他大概以为积极参加各种共产党鼓励的活动,是正确的表现。或者他的生性就是不能好好设防的,容易激动的,没有更多目的,就像他年轻时代跟着清华同学去参加"五四"游行一样。这一切,就像他当时冒着当反革命的危险收听美国广播,不是要知道反华宣传,也不是要知道被封锁的世界新闻,而是忍不住要听美国棒球比赛的实况转播。在这同时,他认识了更多的工商界前任的资方,他们在一起郊游和聚餐,互相以"老"相尊,吴毓骧开始被人称为"毓老",甚为得意忘形。

但是现在不能知道他真实的想法与感受了,甚至在当时,连戴西和他们的子女都不能确定。他们在一起旅游,在一起吃饭,在自家花园里照相,熟悉在季节转换时的那些清晨,他因为支气管敏感而爆发出的一连串咳嗽和喷嚏声,就像德国木钟里的小木头鸟按时出来叫时一样。可他们从来不谈论他对于自己

1958年的上海街头，弥漫着纯朴温和的乡村气息，让人想到江南小城的温和风格。而这时，在戴西3月驾车回家的路上，她能否也感受到在深藏着的恐怖外面的这些温柔呢？那种纯朴本分的温柔，曾使许多人怀念。

处境的感受。也许戴西还不像后来那样坚强，她和他都不想面对越来越近、伸手可及的巨大阴影。也许他们都想装作什么都没有发生的样子。也许他们认为说了也没用，反而是徒增烦恼。他们就这样在阴影逼近的时候紧紧关着自己的心和自己的嘴，像鸵鸟。

当1957年到来，吴毓骧在一张《解放日报》上，看到自己上了右派的名单。可是他不知道在他的档案里，从来就没有右派的材料。到 1980 年全国右派甄别平反时，已经在提篮桥监狱病逝二十年的吴毓骧，因为档案里从来没有被打成右派的记录，而无法被平反。谁也不知道，当时为什么他的名字会出现在《解放日报》的右派名单上。

很快，他被通知不再担任业务科长的工作，改做清洁工。他回家来，向佣人学怎么将拖把拧干，这是他从来没有做过的事。

到了这一天，戴西夫妇才真正明白过来，他们发家致富的时代没有到，根本没有到。而他们慢慢失去一切的日子，倒是不由分说来到了。

戴西也离开外滩的办公室，被送到资本家学习班去学习。在学习班上，她也第一次学习怎么用锤子把大石头砸成一块块的小石子，送去修路用，支援国家建设。开始她不懂，后来，她知道在砸石头的时候一定要戴上厚手套。

1958 年 3 月 15 日，戴西在学习班上被通知说，公安局在家里等她，要她马上回家。

果然有两个警察在家里等她。自从家里的保姆偷了美金那次，家里来过警察，这是戴西家中第二次有警察进入。这一次，他们是来通知她，吴毓骧已经被捕，要她将入狱要用的行李送到思南路的看守所，那是关押重要犯人的地方。那些可以送去的东西，包括衣服、被子、毛巾和草纸，但不可以送牙膏牙刷，怕牙膏里藏着毒药，牙刷的硬柄会用于自杀。

戴西说："我听到警察对我说这些话，几乎惊倒。"

这时,她听到楼下的客厅传来了琴声,有人在弹琴,她听出来那个人在弹中正这个星期正在练习的曲子。然后,她意识到,是十四岁的儿子放学回来了。他从来不热衷弹钢琴,他们也从没有想过要让他当一个音乐家,只是有一搭没一搭地拖拉着学琴。她一开始在心里奇怪,怎么中正今天这么起劲,然后,琴声给了她很大的安慰,她知道自己的亲人回来了,虽然只是一个上初三的儿子,可他是自己的亲人,这种安慰让她清醒过来。

过了三十七年,中正从美国回来看戴西,他回忆了那一年3月15日的情形,他牢牢地记住了那一天,因为他认为,自己是在那个下午长大的。在这一天以前,他还是一个贪玩的男孩,每个学期开始的第一天,要戴西将他一大早叫到自己卧室里,训一次话,重申戒条。到第二个学期开始的第一天清晨,再把他叫到卧室里,将上学期的话说一遍。

那一天,中正放学回家,一进门,大厨就把他拖住,告诉他家里出了大事,现在警察和妈妈就在楼上。中正希望妈妈知道自己已经回家,但他觉得不能上楼去,他觉得楼上有巨大的危险,于是,他到客厅里去弹琴。琴声一响,吓得大厨摇着双手飞跑过来,要将他往琴凳下拉。中正对厨子说:"这样,妈咪就知道我回家来了。"

戴西日后说,是中正的琴声把灵魂重新带回来给她。

他们一起为吴毓骧收拾了一个包裹,准备送到第一看守所去。

在他们就要离开家以前,电话突然响了,是一个戴西非常陌生的男人的声音。他告诉她吴毓骧开去上班的黑色福特车,就停在离单位不远的九江路上。他说完,就把电话挂断了。

中正和戴西一起去送了包裹。按照地址,他们来到一处非常热闹的街市中,沿着阴沉的灰墙一直走,走到开在边上的铁门边,就能进出一处平房。里面有一长排木头柜台,后面坐着没有戴帽子的警察。他们给了戴西和中正一个号码,一夕之间,现在它代表着她的丈夫,他的爹爹,他成了一个号码,直到他去世,他一直叫一六七五号。

在警察检查东西的时候,中正透过通向里面大院的门,看到了一棵矮小的塔松,还有空无一人的院子。它看上去甚至可以说是宁静的,令十四岁的中正非常惊异。中正就这样记住了这个门框里的院子,那是他爹爹住的地方。以后,是他代替无法出来送东西的妈妈,为关在这里的爹爹送了整整三年的东西。他每次都耐心地等着将家里的东西送进木门去的警察回来,他会带回一张小小的纸,上面有爹爹写的自己的号码,表示东西已经收到,也表示自己还活着。对中正来说,它是表示着自己还能与爹爹有某种联系的证明。那对十多岁时突然失去父亲的男孩子来说,是重要的安慰。

当时吴毓骧每次都要家里带棉线去,中正对此十分不解。直到吴毓骧去世,中正陪戴西从监狱里将他的遗物取回来,才发现他所有衣服上的扣子都被剪去了,为了要让衣服能包住身

四十九岁,最长的一天

体,吴毓骧将棉线搓成了小绳子,代替扣子。这是后话了。

　　谁也没有看见高大风流、一表人才的吴毓骧穿棉线当扣子的衣服,是什么样子,最后一次,看着他出门,他还是整整齐齐的,用穿西服的样子异常端正地穿着布做的人民装。

　　这一天,一定是中正和戴西的生活中最长的一天。

　　送完东西出来,他们一起去外滩的九江路,把家里的车开

> 婉莹妻,中正儿:
> 我现在已转到南车站路192号第一看守所,我身体很好,不需挂念。
> 我现在需要:鱼肝油丸,维他命片,下片油,葡萄糖钙片,及低装军短裤(内)二条,军内衣两套(样子改用扭子和松紧带,不需带子)布鞋拖鞋各一双,布包袱两块,盐水白糖。
> 以后每月的接济你们可照所内规则按月送,药品等等数物件你们也可以自动用邮包寄。但是小菜不需送了,另外你们可以存点钱在管理处入我的账,以便随时买些需要的东西。
> 　　　　　　　　　　　　　　　毓骧 3/22日

　　这是被捕后一星期吴毓骧的家书,也是他的绝笔。这是他第一次将中正也郑重其事地写在信的开头,把他变成一个大人。对中正来说,这封短信有着重要的意义,他突然感到父亲将许多家事委婉地托付给了他,包括对母亲的照顾。这张写于1958年的字条,经历了数次搬家,一直被戴西妥善保存下来,直到1998年她去世,作为遗产,由中正带往美国保存。

回来。那辆黑色的福特车,已经用了许多年。公私合营以后,在外滩上班的资本家们,大都自己收敛了平时的气焰,开始雇三轮车,或者和职员们一样,乘公共汽车上班。只有吴毓骧,每天开着自家的汽车去,就是直接去厕所,取了拖把做清洁,他也要开了福特车去。

因为多年没有维修福特车,而且自己开车在当时已经太过招摇,戴西警告过丈夫几次,希望他不要再开车了,可他从来不听她的。只是他不再让戴西坐自己的车上班,让她改乘公共汽车。

在没有一棵街树、两侧高楼林立、黑黝黝像山谷一样的九江路上,他们找到了孤独地停在夜色里的黑色的车,他们坐了进去。当发动后,戴西发现车况非常糟糕,几乎不能再开。这回家的一路上,它时而失去控制,时而突然熄火,在繁忙的大街上险象环生。戴西必须集中全部精力。

他们拐上南京路。相去不远,就是永安公司了,那时商厦里灯火通明。它曾是戴西家的产业,它使戴西离开了和平的澳大利亚来到中国,给了戴西一份富有健康的生活,她那样生活了五十年,可是从这天晚上起,不再这样生活了。他们的车背对着这个大商厦,越开越远了。

他们经过国际饭店,那是戴西1930年代冲进照相店去,把自己的照片从橱窗里摘下来的地方,可那照片又被当时追求她的吴毓骧偷去挂在自己房间里了;也是1936年组织上海第一场锦霓时装秀的地方;是每年圣诞全家团聚吃饭的地方;也是与那个神秘的犹太人 S 碰头拿装着钱的纸袋的地方；它带着 1930 年代曼哈顿的气味。可戴西在那一夜，什么也不能想地经过它的身边。要是车况尚好的话，我想也许戴西会想起当年记者紫燕的那篇感慨的报道，当年这个记者感慨富家小姐们与穷人的理想之间的差距之大，现在是不是戴西可以感慨自己的生活中会有如此大的反差？

他们经过延安路，很靠近那个有大花园的郭家老宅。从前戴西有了什么难处，她就回家去，那里有成群的兄弟姐妹，有强势的父母，他们家的孩子大都以率性的态度处世，因为他们从前不太知道，在生活中有什么东西是自己不能掌握的。现在，他们已经四散在美国各地，父母已经去世，老宅已经是国家财产。戴西不能再像从前那样，在去杭州玩时摔伤了腿，就开车回家让哥哥帮忙包好。也许她根本没有时间多愁善感，她怕出了车祸。她从那里拐了开去，回到自己的家。

在戴西后来的回忆录里，只写了一句话，表达当时在车上自己的思想。

> 我驾着根本不能开的车回家，我想 YH 早已经知道这车是不能开的，我猜也许他就是希望开车时能出意外。

我想，要是我知道自己的丈夫在车里曾掩盖着这样的绝望，会五内俱焚。我不知道戴西会不会这样。因为她没有多说，对一直跟着她的中正也没有多说一句话。回到家以后，她默默地把车泊进车库，熄了火，再没有去碰它，直到它被政府没收。

吴家的宅子和一天以前一样宁静，站在埋枪的小土堆边上的那棵棕榈树，和一天以前一样在开始暖和起来的夜风里沙沙地响，甚至在甬道上，和一天以前吴毓骧下班回家来的时候一样，泊了车后，留着劣质油微微的臭气。而生活从此变了，对吴家花园的每个人来说。

临进家门的时候，中正在后面叫住戴西，说："妈咪，今天我长大了。"

我猜想这张照片是1958年晚些时候拍摄的。那时，戴西一家开始习惯家中的亲人变成一个号码的事实，他们与留在上海没有离开的唯一一家至亲——波丽一家去公园散心。照片上的戴西，还是笑着的，可那笑容里已经没有了神采，而且还看不出后来眼睛里无邪而且无畏的坚定，她的笑容里有一种愣怔，一种恍惚，一种惊惧，她还没有真正适应1958年的新生活，她还并不知道自己应该怎么办才好。在这张照片里，她开始穿起了长裤，而波丽仍旧穿着大衣和长裙。五十岁的她，开始了第二次生活，完全不同的生活，像戏剧里一样充满了对比与反差的生活。要是戴西一生中，曾有过被击倒的时候，就应该是这时候。

这是她一生的照片中，最不好看的一张，她的脖子突然缩进衣领，笑容中有种悻然，从前的精致全无，而以后的晶莹也没有。她第一次在照片中将手没有仪式感地平摊在膝盖上，因为

1958年在上海的公园里。

在学习班上,她开始和全国人民一起大炼钢铁,他们在常熟路的一家院子里盖起了土砖灶,在里面黑烟滚滚地,将从私家花园拆下来的铁栅栏,铁门,甚至老式大门上的大铁钥匙,在锅里烧化。日复一日,她的双手已经粗糙不堪,散布着细小的伤口。在这张照片上,戴西像一个正在痛苦脱壳的蝉一样,默默地仰着头。

波丽温文尔雅地笑着,紧紧挨着她著名小儿科大夫的丈夫。她和戴西,是郭家留下来的唯一一对姐妹,她自己的处境也在明显地恶化,可她仍旧可以从妹妹的不幸里,被生活警示了自己的幸福,她是因为在对比中发现了自己更多的幸福而紧紧地靠着自己丈夫的吗?要是把左边的戴西和右边的中正遮掉,这就是一张波丽夫妇温情脉脉的合影,带着壮年夫妇合影中不常见的相依之情,还能看到一种柔怀以待的宽厚。在亲近的人的不幸里,人们常常得到了对自己的安全与幸福的证明。它使人们知道感恩和怜悯。

中正严肃认真地直视镜头。他一定是以为一个成熟的男子应该不再对着镜头傻笑吧?甚至也不能像父亲那样在照片里随便和放松。他又瘦又高,完全不是1946年的照片上,那胖而柔和的小男孩子了。从他宣布自己已经长大的那天起,他就真的已经与戴西分担家庭中所有的事,甚至所有的秘密。

波丽的丈夫温柔敦厚地微笑着,将自己的脸关切地伸向镜头。他一手护着自己的妻子,一手护着自己的侄子。那是因为他当年清华留美预备部的同学,自己的姻亲被捕,他感到应该代行照顾和抚恤的责任吧,他伸出了自己的一只手护着没有爸爸的男孩。这个样子,一方面是温暖人的,一方面也是优越的。可是对波丽的丈夫,现在郭家留下来的唯一一个男人来说,要是他不这样,又能怎么做呢?

因此,这是一张微妙地混合着哀痛和幸福、不甘与庆幸的合影。

当我将它选择出来的时候,我心里非常难过,因为它太真实了。而对戴西的骄傲,戴西的自尊,它又太残酷了。

　　要是你长时间地看着这张照片,在心里就好像能听见胡桃夹子正在夹碎坚果的碎裂声,清脆的碎裂声,听进去就能感到它的痛苦,然后,你才能闻到里面淡黄色果仁的芳香。

* SHANGHAI PRINCESS *

1958

四十九岁

微微肿胀的笑容
A SMILE ON HER SLIGHTLY SWOLLEN FACE

In the general mood of simple cheerfulness, the age of madness and turbulence was approaching step by step. The situation was like a pot of water being boiled. The process was long and tranquil, yet the water boil would eventually.

在一派单纯愉悦之中，狂暴的时代已步步逼近，那情形，就像是一只慢慢被烧沸的大铁锅，它一点点被烧热，被烧红，这个过程长而平静，可最终会沸腾起来。

因为家里出了事，已经进入北京中央芭蕾舞团的静姝找了一个演出的空当回到上海。她看到了一个平静的家，好像和从前一样。

她看到长高的弟弟喜欢上了照相机，妈妈给了他一架照相机玩，在那时有照相机玩的男孩很少，因为它真的很贵。中正的名字在学校受到强烈的批评，这样的家庭背景下，没有人愿意相信"中正"这两个字并非要追随蒋中正，而是当年父亲吴毓骧感念于小时候上学时，写自己笔画繁多的名字很困难，希望自己的孩子名字越简单越好。于是，中正将自己的名字改成了忠政，忠于政府。

她看到家里除了少了父亲之外，还少了茶房松林。他是一个老实的海门青年，从前常常陪她去上芭蕾课，也陪弟弟出去玩，他常常代替父母照顾他们，有时像是他们的玩伴一样。现在他离开吴家去当工人了。那时候，静姝无论如何也不会想到，在四十年以后的秋天，是早已经离开吴家的松林代替他们姐弟，为戴西送了终，又是他从上海医科大学的解剖实验室，为他们取回来戴西最后的纪念品：用她的白发盘成的90。戴西在九十岁的时候辞世，由于她最后对祖国医学事业的贡献，上海红十字会特地在使用了她的遗体以后，用她的头发制作了纪念物,表示对她的敬意。

她看到戴西还是像从前一样,高高兴兴的。她问起戴西现在工作的新地方。从父亲被捕以后,戴西就被召回外滩的办公室,被告知要换一个地方上班。于是,她被换到上海东北部远离市区的江湾正奔路外贸农场劳动,她在那里喂猪。静姝对把一只小猪喂大这件事很有兴趣,她发现妈妈说起来也很有兴趣,甚至她还说到了小时候,她在悉尼曾喂过马,她是那么喜欢马,当他们要离开悉尼回国的时候,让她第一次知道心碎是什么味道的,就是离开她喂过的那两匹马,一匹叫多力,另外一匹叫尼格。

因为她回家,戴西抽空带她去了锦江饭店楼下的裁缝店做大衣和裙子。当时,那是上海最昂贵的裁缝店,老式的精致的木头柜台上,亮着明亮的灯,空气里悬浮着呢子布的羊毛气味,还有已经在别处无法闻到的香水气味。静姝看到,在那家店里,戴西看上去真的和从前一样美丽自如。

戴西还带她去了美发厅,她们一起为静姝商量了一个新发型。于是静姝焕然一新地就回家来了。回到家,中正已经回家,他让姐姐站好,为她和她的新发型照了相。

戴西去了农场,对中正来说,意味着他除了小时候在家里养过一头属于他的小羊以后,又有了一只小鸡。那是戴西特地从农场的鸡舍里为他买来的。

中正对从前养的小羊几乎不记得了,对家里曾有的那条人见人爱的德国大狗也没有很深的感情,只是不能忘记那只1950

年代末来到他家寂静院子里的小鸡。

因为中正还太小,戴西的单位终于同意让戴西每天回家来住,不必像其他劳动改造的资本家一样,住在农场里。只是规定她必须每天7点到农场,晚上要等参加完政治学习才能回家。所以,戴西回到家里,常常是中正早已睡觉了。

曾经有一个晚上,戴西因为总是早上5点起来赶路,晚上10点,参加完政治学习,才能上路回家,有时她实在太累,就在要横跨上海市区的公共汽车上睡着了,那天在车上,她找到了一个座位,刚刚开始打盹时,她曾被旁边坐着的人惊醒。因为在夜车上,边上坐着的那个乘客也睡着了,而且把头歪到她的肩上。那个人也睡得那么熟,戴西将他的头扶正,可不一会儿,他又歪了过来。戴西于是把自己的头转向另一边,当公共汽车带着他们走过灯光暗淡、睡意迷离的街道时,戴西自己也睡着了。

等她醒来,发现只有一个夜班的售票员等着她,她已经跟着车子到了终点站。那是一处她从来没来过的地方。

她站在街上的时候,才发现自己根本不知道怎么回家,她迷路了。她在路上站了很久,想要回忆起怎么走,也想要遇到一个行人,可都没有如愿。她也没有打电话回家,甚至没有打电话给波丽,请波丽的丈夫来帮助她,就像许多年以前他帮着她到那个年轻寡妇家,把自己丈夫找回家来那样。

我不知道为什么这时候她没有找警察送她回家。要是一个女子深夜迷路,总是先想到自己应该到一个安全的地方,去问安全的人。而在陌生的地方,最安全的地方,就是总亮着红

四十九岁,微微肿胀的笑容

灯的警察署。那个年代,人们习惯信赖警察,他们是保卫大家的温柔的英雄。连小孩子都唱:"我在马路边捡到一分钱,把它交到警察叔叔手里面。"那时,大多数人都还没有被威胁,生活得积极而单纯,相信自己是个好人,自己是生活在一个幸福的时代里。其实,从这时候开始,就已经有人感觉到了暴力的剥夺,像戴西。

在一派单纯愉悦之中,狂暴的时代已步步逼近,那情形,就像是一只慢慢被烧沸的大铁锅,它一点点被烧热,被烧红,这个过程长而平静,可终于会沸腾起来。当锅中的水面十分平静,远没有沸腾的时候,那些不幸紧贴着锅底的水,已经被烧得灼

中正的白勒克鸡。

热。而戴西,就正好是被命运安排在紧贴着锅底,而且因为他们处世的不羁,他们成为被推到火力最旺的地方的那一滴水。

她不知道走过多少陌生的街区,最后终于发现自己渐渐走到熟悉的地方了,最后,找到了自己的家。

这一夜,中正像所有正开始发育的孩子一样,睡得喷香。

只有一个黑夜,中正被戴西叫醒,他睁开眼睛,他看到戴西的笑脸,她正为他打开一只旧纸盒,已经被挤得就要脱底了的旧马粪纸盒子,里面有一个毛线团一样的小鸡。戴西把纸盒捧到中正面前,从此,中正就有了一个真正的宠物,一只白勒克鸡。中正和戴西都那么喜欢它,在它小得像一只鸽子一样的时候,中正就特地为它照了相。它后来是被外面来的黄鼠狼咬死的,中正很伤心。

戴西和中正一起在自家院子里,为小鸡做了一个坟墓。当戴西和中正一起蹲着挖土的时候,他发现她的头发开始白了。

戴西的头发,在照片上是已经能看出来的白了。她看上去是一个寻常的布衣妇人。只是笔直地站成了丁字步的样子,让人猜想她年轻时代也许有风度。

这是最初戴西经历的艰难时世,她脸上想要遮盖住一切的笑容,使她的脸看上去有些肿胀,也许这和她在此刻正度过更年期有关,可我相信,这时到 1960 年代初,以吴毓骧的去世来平息所有的事情,戴西没有一般妇人那么多时间来注意自己身体里正在发生的变化。在和平冗长的年代里,更年期是一个妇人生活中的大事,而在这时,它对戴西来说,简直不算什么问题。

头发白了。

那微微肿胀的笑容像一张大布，为戴西遮住了所有她正在经历的生活。1958年初将双手平摊在腿上的日子已经过去，她开始在自己的内心找到一种力量，也许是她从来就有的自尊心，它使她保持脸上的笑容。

这时，戴西把自己的双手背到身后去，不让人看到她手指的变形。冬天的时候，她被派到南码头的外贸出口仓库里，去剥东北大白菜被冻坏的菜皮。大白菜又冰又湿，她整天整天地捧着它们，将它们外面已经烂黄的菜皮剥去，从这里出口去香港。那是她家许多亲人现在居住的地方，是乔治越境的地方，是戴西和丈夫最后一次出境的地方。每天当她结束工作的时候，她的手都已经完全冻僵。从此，她的十个手指开始变形僵硬，不再能拿细小的东西。而戴西说："谢谢天，我并没有觉得很痛，我只是手指不再灵活了。"

戴西竭力挺着胸，那看上去像是本能地想要掩盖自己开始变厚起来的小腹，像所有对自己的身体变化敏感的女子。但我还是能看出来，她的体形在变得松软，小腹突出了，这是女子变老的标志，就像高速公路上绿色的指示牌一样明确。这一年，她所在的农场扩建，她大多数时间在为建筑工地上的工人当小工，拌水泥，然后爬到竹子搭起来的脚手架上，将水泥桶递给工人。这是工地上最危险的，最没有技术的，也是最累的活。当回家来的静姝问到她的时候，戴西说："你看，我还能爬那么高的地方。别的资本家说他们是一不怕苦，二不怕死，就怕摔下来不死。我是真正的什么也不怕。"三十多年以后，她在美国遇到了肯尼迪总统遗孀杰奎琳，她问戴西劳改的情况，戴西说："劳动有利于我保持体形，不在那时急剧发胖。"

在戴西的身后，我们可以清清楚楚地看到花园的围墙，和墙边的棕榈树。那里的地上有一个新挖的土坑。警察从这里挖出了当年他们埋下的左轮手枪，已经锈得完全不能用了的枪，是吴毓骧在监狱里交代出来的。

他们来到戴西的家，再次询问戴西。

在吴毓骧刚刚进看守所的几天，警察曾经对戴西的房子进行过仔细的检查，他们让她打开所有锁着的地方，公开所有家庭财产。然后警察查封了所有的财产。包括找到了房子里秘密的地方,用于存放珠宝和金条以及美金,这是吴毓骧告诉警察的。

所以戴西总是在衡量既不要伤害到丈夫,也不要在丈夫已经交代了的情况下继续掩盖,而伤害到自己。戴西一直装成听不懂中文的样子,因为她实在很需要中文翻译成英文再提问的几十秒钟时间,判断到底什么是可以说的,什么是必须说的,当警察们用中文说话的时候,她装作茫然无知的样子,问他们想要知道什么。

这样的情形让我想到她在中西女塾时代的演剧经历,她在校园的长椅上,以一个闺中少女的想象,与人谈爱情的游戏的表情,那张阳光下面假戏真作的笑脸。

警察问:"你们家有什么不应该有的东西藏着吗?"

戴西回答:"我不知道什么东西是我们不应该有的。"

警察说:"就是那些不合法的东西。"

戴西回答:"我不知道什么东西是法律不允许保留的,你能举个例子吗?"

警察说:"就比如像枪这一类的东西。"

戴西明白了。

于是她说:"我想我们这里是有一把枪。"

警察问:"你知道在哪里?"

戴西说:"在花园里,你们想看看吗?"

她给了他们一把铁锹,就是当初吴毓骧用的那一把,陪他们到花园的石头和树边上。

找到枪和一盒子弹以后,戴西为他们作了证词。

这就是照片上的戴西真正的日常生活。要是静姝和中正不问,他们就永远不会知道,要是他们问起,也永远是跟着戴西,从一个光明的角度去了解那些事,顺便他们也看到了一个永远积极的母亲。她的心是那么不容易被击碎,那样从不缺少爱,是那么顽强。

戴西向他们说明了他们父亲的事。她说:"你们的父亲不是完全没有问题的,他也真的做过错事,比如那些从犹太人手里得到的纸袋。"

他们是从这里懂得,什么是真正的公正。这是一种绝不以恶抗恶,真正实事求是的品质。

我成长于"文化大革命"的乱世之中,以一颗孩子单纯而宁静的心,体会了许多目睹的可怕故事。我总是想,一个人不能经历太多的艰难和苦楚,就像一张白纸不能老是画错了再擦干净。一张白纸终于会永远擦不干净的,一个人也终于会在苦难中得到一颗怨怼的心。所以,在听着戴西的故事时,我是那样吃惊,童年时代的情形在我眼前飞快地掠过,我觉得自己看到了奇迹。它是形成在戴西天生的品质中,还是形成在中西女塾那窗明几净的图书馆中,或者在戴西头发默默变白的过程中?

在这时,我发现了自己的脆弱和对人的品质的悲观。我那么高兴地看到终于有一个故事、一个人向我证明,这种孩提时代就形成的悲观,可以是错误的。我那么高兴地将这个故事说给我的朋友听,把自己说出了一长串眼泪。像火把沙炼成了金子,把纸烧成了灰,在戴西微微肿胀的笑容里,能看到一种像少女一般纯净的精神,在微弱而尖锐地闪着光。

· SHANGHAI PRINCESS ·

1961

五十二岁

阳台上的风景
SCENERY FROM THE VERANDA

She upheld her own choice, and did not discard it just because it did not bring her the joy and happiness that she expected, she enjoyed and cherished the fun that she got from her choice, and did not evaluate others according to her own gain.

她维护自己选择过的东西，不因为它们没有给她带来意想中的快乐与幸福就舍弃它们，她只是欣赏和把玩它们的意趣，不以自己的获得来衡量别人的价值。

要不是这时候中正正在学照相,天天在家里摆弄旧照相机,我想也许戴西不会留下这张照片的。这时,她的丈夫刚刚去世一星期,她还穿着黑色的小袄。她站在1957年的一个晚上站过的老位置上,那个晚上,她站在这里看丈夫将乔治带来的手枪埋好。

在当时,政府不许私人藏有武器,这是严重的现行反革命行为。

也许戴西并没有意识到,自己正好站在老位置上照相,她只是希望利用太阳的光线。然而,她站在老位置上,等着儿子对焦距,于是,就看到了树下的新土,那是警察把枪挖出来时留下的。然后,她就会想到当年那个埋枪的人,现在已经再也不会回来了。

戴西这时的脸,让我想起我小时候家里的一个万宝箱。那是一个木匠师傅为我家做的,用来给我两个着迷做矿石收音机的哥哥装他们的东西:松香、锡条、电子管、电线,还有各种各样的小零碎。万宝箱是用没有上漆的木片钉起来的,里面有许多小格子,将盖子合起来的时候,它就像一个幼儿园里玩的大积木一样。我小时候喜欢幼儿园里的那套玩具,可痛恨去幼儿园,于是常常坐在万宝箱边上幻想。可我明白,它看上去再像一块平白的大积木,里面也还是一只什么都有的万宝箱。

戴西的脸也是这样,她望着阳台下面那空空的新土,在儿子的镜头里一派的宁静坚忍,不动声色,却不能让我忘记里面的内容。

应该有一个小格子里,装着惊痛吧?

12日,戴西再次接到从监狱来的通知,丈夫由于心肺系统疾病,在提篮桥上海监狱医院去世。她可以在火化以前,去监狱医院的停尸房最后看丈夫一眼,向他告别。

戴西问,为什么不在丈夫还活着的时候让她看他,回答是:"一时不知道你在哪里。""What a lie!"戴西后来回忆说。那三年里,每个月他们都去第一看守所送东西,戴西一直在外贸系统的农场里劳动改造,一天也不能缺席,中正高中毕业以后,因为父亲在押而没有大学肯录取他,不得不在家自己补习,戴西为他的每次英文课,付一元五角钱给私人老师。秋天到了的时候,戴西曾专门去要求过,给丈夫送一些平时在家用的平喘药,可看守所没有收,说自有监狱医院会照顾他。

戴西提出要让中正一起去见最后一面。

回答是:"儿子可以去,但要保证不在那里哭闹。"

中正说:"你放心好了,妈咪,我当然不会当着他们的面哭。"

于是,戴西带着中正来到提篮桥监狱医院。在一间小房间里,他们看到了停尸床。戴西非常惊奇地看着那张陌生的窄床,那上面看上去好像是平的一样:"那么瘦!"戴西吃惊地想,三年以来,她没有再看到自己的丈夫一眼,她的印象里,还是那个高大的中年人,虽然没有发胖,但是绝不是现在那床上薄薄的一缕。

后来,戴西回忆说:"YH 的头像是一只插在筷子上的苹果。他看上去好像是饿死的一样。"

所以,应该还有一个小格子里,装着的是惊惧吧。

在戴西和中正决定去认尸的时候,有人告诉戴西,也许她会不认识那具尸体,也许那具尸体根本就不是她的丈夫。要是出现了这种情况,她就应该检查他的手,一个人可能会变得面目全非,但是他的手却终生不会有太大的改变。

三十五年过去,有一个黄昏,我去拜访戴西,我们说到了她丈夫死的事,戴西隔着小圆桌子向我伸出她已经变了形的手,说:"那次,是我第一次知道原来一个人的手是很难改变的。我真的认不出他来了,那是一具太瘦的尸体,于是,我去摸了他的手,那是我熟悉的手,是他的手。所以,我知道那就是他了。不过,后来我也想,我的手不是变形了吗?这说明,人的手实际上是会改变的。如果我和他换一换,他摸我的手,不一定能肯定就是我吧。"

中正果然没有哭,他只是觉得冷。

戴西把自己的手绢盖在丈夫的脸上,就带着中正回家了。她也没有哭。

几天以后,戴西取回了丈夫的骨灰盒和遗物。她一直都很平静地忙着丧事,直到那一天,丈夫的骨灰回家来了,回到桌子上了,戴西伏在那个从火葬场买回来的规格统一的骨灰盒上,哭着说了一声:"活得长短没有什么,只是浪费了你三年的生命啊。"

这就是戴西——从前因为喜欢他对生活铺张的趣味而嫁给他,因为他是家里的男主人而在他花心的时候将他找回家,因为自尊而从不在他落魄时埋怨他,也不在他失忠时控诉他的女子——最后想要对他说的话。当我知道吴毓骧曾经在外面另有女人相好的时候,我真的不知道对一直保有清澈的尊严的

戴西买来了白色的菖兰,让它们环绕在丈夫的骨灰盒上,就像她对一个心地单纯的花花公子的感情。

戴西来说,是怎样大的侮辱。她怎么能不失望,不恼羞,怎么能不恨他。他把能带给她的快乐,都带给她了,也把能带给她的灾难,都带给她了。

这真的让人想起张爱玲和胡兰成。

戴西从来不多说她的丈夫,在回忆录里也极少有关于他的事,更没有一句评论。只是在知道戴西伏在丈夫骨灰盒上说的唯一一句话时,才能确定,原来戴西是世界上最懂得吴毓骧的那个人,就是她已经坚决收回了自己付出过的爱情,她也还是那个最能体贴吴毓骧的人,甚至还是最能欣赏吴毓骧对新鲜花样有天然无师自通秉性的人,经过这么多的事,她并没有放弃自己的鉴赏力,也没有否定自己的喜好。

这是一种骄傲,或者说是一种自尊,戴西拥有的。她维护自己选择过的东西,不因为它们没有给她带来意想中的快乐与幸福就舍弃它们,她只是欣赏和把玩它们的意趣,不以自己的获得来衡量别人的价值。也许,她因为从来不缺什么,所以从来不想从别人那里得到什么。她只坚持自己的感情。这种骄傲的坚持,在1961年的冬天,戴西迎回丈夫的骨灰时表现了出来,像东西在重力之下,摩擦出的火花。

要是你以为这已经是戴西最黑暗的时刻,那就错了。前面还有更艰难的日子在等着她,在那些日子里,她那骄傲的心,会像火把一样明亮。

所以,我们还能看到,那些小格子里,还有许多的体贴、欣赏、受伤、嗒然若丧、骄傲、倔强杂乱地放着。但是,戴西一张阳光下面向前方的脸,那关闭的平静,就将一切都遮起来了。就是为她照相的儿子中正,也不敢说自己真的知道每一件发生在妈妈生活里的事,"她不说。许多事,别人怎么对她使坏的,她从来不说,从来不抱怨。"中正说。这时已经是1998年了,不再有人会报复老年的戴西,家族中的下一代希望能知道戴西到底遇到了什么,可她还是没有多说。

是否在某一个小格子里,还装着像上好的松香一样透明而芳香的、戴西一生保持着的自尊呢?

对一个经历坎坷的妇人来说,对别人为自己感到不公的经历保持沉默,是一个女子极大的自尊。有过牢狱之灾的人都知道犯人的规矩,当犯人离开监狱时,他们和他们的家人不会带一件东西回家,他们把在监狱里用的东西全都扔了,光身出来,表示再也不要回去。而戴西,则把丈夫留下来的东西全带回了家,他的洋铁缸子,她又接着用了许多年。

✶ SHANGHAI PRINCESS ✶

1961, 平安夜

五十二岁

万暗中，光华升
SILENT NIGHT WITHIN TOTAL DARKNESS, THESE ROSE A GLORIOUS LIGHT

That day I learned that, after being kicked out from her own house, with method like this she made many St. Petersburg styled cakes, using pots blackened by smoke from her coal ball stove in the slums.

那天我知道，她曾用这样的办法，在被扫地出门后，在贫民窟的煤球炉子上，用完全被煤烟熏得通体乌黑的铝锅，做过许多个彼得堡风味的蛋糕。

由于从澳大利亚归来，郭家一直保持着在平安夜里全家团聚的传统。郭标在世时，总是他来主持圣诞夜的家族聚会。

　　那时，在上海的每个家庭成员都回来了，那么多的圣诞礼物，那么多，从起居室一直堆到客厅里去了。晚餐是地道西式的，有火鸡、梅子布丁和所有餐桌装饰。那是爹爹一年里与全家一起庆祝的一天。孩子们为了圣诞节的礼物是那么高兴。看着他们得到礼物那惊喜的样子，大人们比什么都高兴。

　　后来，戴西在自己的回忆录里写到当时的情形。那是在描写了自己丈夫的死以后，她的回忆突然就转向了平安夜的家庭团聚。中间没有任何过渡的词语。

　　郭家的长辈相继去后，每年的平安夜就由戴西来主持了。于是，大家都到吴宅过平安夜。1950年代初，郭家有过一张全家族的合影，尔后，大家族分崩离析，四散到世界各地，再也没这样整齐地聚集在一起过。到了1961年的平安夜，郭家剩下来的人在国际饭店聚餐时，戴西只需要订两张桌子就可以了。从前人声鼎沸的情形已经不再，餐桌前空落落地坐着留下来的

上海永安郭氏家庭最后一次合影。此后，他们再也没有这样团聚过，大多数人在1950年代初离开中国，有人去了澳大利亚，有人去了美国，有人去了新加坡。

人，人人脸上都抹着一点点动荡和惊恐。

那一天，戴西穿着黑色的小袄，整理了花白的头发，去参加郭家的聚会，像从前许多个平安夜一样。实在，这是个完全不同的圣诞节前夜，她的丈夫才去世二十三天。

我真的很是惊叹她的坚持。平安夜对在教会学校长大但终生不信教的戴西来说，实在算不上是需要抛开个人情感去坚持的理想。她那天晚上做的，不过是一起吃顿饭，见见平时不常见面的亲戚，听别人说些家常话。而她自己，在五十岁这种不上不下的年龄，成了寡妇。自己唯一的儿子前途未卜，自己的女儿因为家庭问题，不能随团出国演出，在全团出国演出时，她就放自己的长假回家来。而自己对一家人的命运已经完全无能为力。她还是为了那一天的团聚，端端正正地去了，吃了饭，还照了相。当时的亲戚们并没有真正意识到戴西的变化，他们日后回忆起来时,只是说,老太太这个人很不容易,看不出来她有太大变化,仍旧很活跃,对大部分没敢去参加她家丧事的亲戚,没有表现出任何抱怨。

不过,留在照片上的戴西,丧夫之痛明明白白写在脸上,还有农场劳动留下的劳累,受人歧视追击的警觉与不安,陷入困境里的受伤小兽的默然,还有在无法抗拒的失去中的悻悻然以及掩饰。戴西在一桌子风韵犹存的亲戚中,独自奇怪地侧昂着头,像是一个对镜头过敏的女子,生怕自己照不好相,心里紧张着,希望着,可就是会在集体照相的最后一分钟做出奇怪的动作,让自己成了照片中最扎眼的那个人。

以后的岁月更加险恶,她已经不能到国际饭店去过平安夜了,饭店里也不再置办圣诞大餐。渐渐地,可以在一起过圣诞的,只剩下波丽和戴西两家人,戴西已经家徒四壁。于是他们在波丽家吃饭,而戴西只要为大家做一只圣诞蛋糕就可以了。这种习惯一直延续到波丽去世。

波丽去世以后,因为对过去时光的缅怀,我邀请杰弗利和爱拉与我和媚(被中正留在上海的女儿)一起吃圣诞餐。蓝村餐馆的菜单不错,可倒霉的是杰弗利突然感冒,没有来成。第二年,杰弗利也离去了,我请了爱拉来吃饭。最后,当媚也去美国以后,我就再也不过平安夜了。

戴西在她的回忆录里仔细地记录着她一生中的圣诞节之

夜，这几乎是描写丈夫去世情形的十倍之多。而当时还是一个不开心的小姑娘的婳日后回忆起来，她觉得那些晚餐是她在上海留下来的最好的记忆之一："我们去餐馆，坐下来，奶奶开始教我怎么吃饭，怎么拿菜，她总是那么美，那么精致，就是在那时，也吸引了许多人的注意，包括餐馆里的服务生，他们总以为奶奶是外国人。而当时要是有人以为你是外国人，就是对你最

八十年代初郭家的聚会。

高的评价。"

戴西那时留下了三十多本照相册,里面的表情都很精致,很美,但1980年代初郭家聚会的照片上,她的笑容有了变化。有人形容过这样的神情:就像有谁刚刚在这脸上踩了一脚。

1996年,我见到了她,认识她以后,就常常到她家里去闲聊。1995年初我从美国回来时,带回来一些玉米蛋糕粉,那种被现代食品工业处理过的蛋糕粉,只要按照包装上所指示的那样加蛋,加水,加热,没有学习过的人,也能做出一只大蛋糕来。那时我希望自己能在朋友来做客的时候,拿出自己做的蛋糕来招待他们。可是没想到我家没有可以调节温度的烤箱,于是从美国带回来的一整套东西,就在壁柜里扔了一年,直到过了保质期,我把它们扔掉。

当我告诉戴西时,她摇着头说:"不必要用烤箱,下次你来,我教你用一只铝锅,用水蒸,照样能做出好吃的蛋糕来。"

那天我知道,她曾用这样的办法,在被扫地出门后,在贫民窟的煤球炉子上,用完全被煤烟熏得通体乌黑的铝锅,做过许多个彼得堡风味的蛋糕。说起来,这也许就是我想要更多地了解她,而且希望为她写下来的最初的故事。那里面有一种微小但纯朴的坚持感动了我。

她总是那么勇敢地坚持着生活中细小的熟悉了的方式,是为了什么呢?她从前对艾尔伯德婚约的放弃,从前劝姐姐放弃参加上海小姐的选举,认为那是无聊的,再从前对西式衣服的放弃,和后来在大浪淘沙中点点滴滴的坚持,是什么把它们统一在她的身上?

∗ SHANGHAI PRINCESS ∗

1962,夏天

五十三岁

煤炉上金黄色的Toast
GOLDEN TOAST ON THE COAL-BALL STOVE

If one day you do not have an oven, you should know how to make toast with an iron, wire frame. This is what you really need to learn, and to learn right now.

要是有一天你们没有烤箱了，也要会用铁丝烤出一样脆的吐司来。这才是你们真正要学会的，而且要在现在就先学会它。

这一年，由于当时的国家总理周恩来在广州发表讲话，安抚知识分子，放宽国家在政治上对地位不同的公民的待遇，中正终于被上海的同济大学录取。

戴西请了假，带中正到北京去看静姝。这是她1934年毕业离开北京以后，第一次回到自己度过大学时代的城市。宽阔的大马路上嘚嘚地走着乡下来的马车，小巷口堆着绿皮大西瓜，小贩切开一个沙瓤的西瓜招徕客人，用黄色的蒲扇一下一下赶着苍蝇。皇家花园的池塘里盛开着莲花，在午后的强烈阳光下，散发着薰香。带着一双儿女的戴西，来到一个安静的院落里，那是当年她在上燕京的时候常常来的地方，是她最要好的同学罗仪凤的家，她的母亲是中国第一个从哥伦比亚大学毕业的女留学生康同璧，是康有为的女公子。

北京的夏天是非常宜人的，要是你午后大太阳的时候坐在树下，让大树青黄色的阴影罩着你，听树上的蝉叫，看阳光下华北高远的碧空，喝北京芳香的花茶，杯子里蝉翼似的浮动着一星晒干了的茉莉花瓣，可以在这时聊天，可以在这时怀旧，也可以在这时什么都不想。

戴西已经很久没有再享受这样的夏天了，那时她很年轻，很美，很骄傲，她燕京的同学直到几十年以后，还能回忆起那个骄傲的郭家小姐:"我们都知道她,她是网球队长,一个男生为她退婚要发疯,整天站在校园里等她。可她一定不知道我们,因为她总是把下巴抬得高高的,进进出出不理人。"现在,燕京的老人这么说到她。

那时,她常常在周末跟着罗仪凤回家。那时她们都是漂亮时髦的燕京女生,有着良好的家庭背景。早上她们俩在康家厨房里,用美国进口的电烤箱烘吐司片吃。她们在桌上等着,一分钟以后,烤黄了的吐司片会跟着停止的开关,从烤箱里弹起来。

那个早上,康同璧来到厨房里,她取出一个铁丝网来,叫厨子捅着了煤球炉子,教她们把吐司放在铁丝上,在煤火上烤。她灵巧地在火上翻动面包片,它变得像从烤箱里烤出来的一样黄脆。然后,她把用铁丝烤出来的吐司放在她们面前,说:"要是有一天你们没有烤箱了,也要会用铁丝烤出一样脆的吐司来。这才是你们真正要学会的,而且要在现在就先学会它。"

然后,罗仪凤和戴西一起,在铁丝上学习烤面包,虽然她们那时有当时非常贵也非常时髦的吐司烤箱,她们以后用坏了一个又买了新的一个,不过,在那个早上,她们真的在康同璧的指导下,学会了怎么用铁丝烤。

戴西在此以前没有与人谈起过这件事,也许因为从前她并不真的知道那个早上对她的意义。到她二十八年以后第二次看到康同璧,她再也没有用过铁丝。然而,当她再见这个睿智的老太太时,隔着对艾尔伯德的退婚、对吴毓骧的爱情、在利西路老宅由瑞典人规划的大花园里两百桌盛大的订婚园会的岁月；当然也隔着独自在产房里、在难产中生下自己的孩子，战争，解放，枪，丈夫的被捕与死去的岁月；还有后面接踵而来无休无止的清洗女厕所：1958年她被送到资本家学习班上洗脑时，她还必须每天在大家没有到以前，先去清洗女厕所；小孩子跟着她，管教她，要她这样做，那样做，直到他们大家都满意；她在那时学会了怎么将马桶冲洗得非常干净，还学会了服从，无论是谁，他要她去做什么，就做什么，不争辩；后来，她又洗了更脏的女厕所，那是在农村劳动的时候，农村的厕所是一个在地上挖的大洞，里面放了大木桶，戴西要将装满了屎尿的木桶从大洞里拔出来，送到粪池里去倒干净，然后再将它们抬到河里去洗干净；她在那时学会了独自去做最脏的事，洗厕所在那时表示对人的惩罚和侮辱，并不是单纯的劳动，清洗厕所的人，没人帮助，没人同情，全要靠自己，而且天天如此……

隔着这许多，她想到了在自己很年轻的时候，老太太教自己学会在煤火上，用铁丝架子烤出火候正好的面包片。

她们互相贴了贴脸，平静地互相问候。

静姝由于在北京住，她也经常去康家，老太太也教过她怎么用铁丝烤面包。

那天，老太太亲自陪戴西和她的一双儿女去了颐和园，在开满了荷花的皇家湖泊边上照了相。隔着年代久远的黑白相片，我好像还是能闻到在夏天华北强烈的阳光下，荷花与大大的荷叶，绿色的湖水与岸边的青草发出的强烈气味，清爽而浓重,强劲而自在。这一天,离戴西许诺教我用铝锅在煤火上蒸出一样好吃的蛋糕,有三十四年。三十四年后,1996年的一天,戴西曾准备要教我做蛋糕。戴西那天的脸,也像照片上一样被隐藏在天光的暗影里,让人看不清楚。

她对我说:"当然,蒸出来的蛋糕不会像用真正的烤箱温度被控制得很好那样,蒸出来的蛋糕不会那么香,可也不错。"

那天其实我不是真正想要学,也许像1930年代初的戴西一样,于是我说:"等我再从美国买了蛋糕粉回来再说。"

戴西说:"不需要蛋糕粉也可以的,我们可以有更地道的配方。"

可是她没有坚持。

我也没有坚持,我真的是愚蠢的。

* SHANGHAI PRINCESS *

1962,夏天

五十三岁

让我们也荡起双桨
LET US ROW WITH BOTH OARS

She never told her children that she was sorry, and never complained about her husband. She restrained her shock and sorrow for being widowed at middle age, and concealed from her children the gloom and grief which she felt. This is how a mother takes great pains in loving and protecting her children.

她从来没有对自己的孩子说过抱歉的话,也没有对自己丈夫的抱怨,但她收起中年守寡的惊痛,让她的孩子看不出阴影和痛苦,这是一个母亲挚爱和保护孩子的苦心。

有一支很美的儿童歌曲,是描写北海公园的,成为整整一代在 1950 年代中成长的人,关于 1950 年代的美好回忆。1950 年代在大多数中国人心中,是一个时代的概念,从 1950 年代初,直至 1960 年代初。这个时代对大众来说,有着和平,积极,努力,淳朴,还有适时的浪漫情怀。这是一支著名的歌曲,许多人来到北海公园,租了小木头船,坐上去,看着绿色的湖水清亮地、一层层地荡漾开去,心里都会响起它的旋律来。

> 让我们荡起双桨,
> 小船儿推开波浪。
> 海面倒映着美丽的白塔,
> 四周环绕着绿树红墙。
> 小船儿轻轻飘荡在水中,
> 迎面吹来了凉爽的风。

看到戴西一家在颐和园那与北海差不多的皇家湖泊上泛舟,我不知道他们是不是也听到,也想到,也在心里唱过这支歌。

昔日的阳光明亮地照在静姝年轻的笑脸上,她划着木桨,穿着戴西在锦江为她新做的连衫裙,她的样子真的与那支歌很般配。

中正坐在船头照的相,他不光照了欢笑着的姐姐,还有一些北京高高蓝天上浮动的白云,以及绿树和红墙。凡是从上海这样多雾的城市到北京的人,总是会被它那些雪白的、在阳光里几乎是灿烂的云彩感动。我记得我十六岁第一次回到我的出生地北京时,看着夏天优雅地在天上浮动的白云,几乎要哭出来的情形,心里的感动应该要用歌剧里的声音才能形容。我不知道是不是中正也是这样。

戴西的脸,在静姝的笑颜与白云之间。那一刻,一定有风吹过,她伸出手去拂着水面上潮湿的微风。她带着自己刚刚没有了父亲的儿女,度过一个尽量愉快的假期。她知道静姝为了这样的家庭背景不能出国演出,中正则险些不能上大学。她从来没有对自己的孩子说过道歉的话,也没有对自己丈夫的抱怨,但她收起中年守寡的惊痛,让她的孩子看不出阴影和痛苦,这是一个母亲挚爱和保护孩子的苦心。

她欠过身来,成为欢笑着的静姝的背景。躲在玩得正高兴的静姝背后,她正在享受贴着水面而来的风,它带着足够的水汽,十分宜人。虽然没有笑容,但她的脸是柔和的,甚至可以说是放松了的,让人想起一块坚硬的冰在阳光下软成了水。她会在此刻想起那支儿童歌曲来吗?对戴西来说,这歌真的太轻柔了,但也有着它不能质疑的美。

她到底是一个曾用煤火上的铁丝架烤过吐司,并享受了它的主人。

　　1963年,她被送到青浦乡下的劳改地,这是她第一次真正离开家,她不知道会有什么等着她,也不知道什么时候能回家,更不知道会让她做什么。一起去的人,全是劳改的对象。她们住在原来的鸭棚里。

　　先把稻草铺在烂泥地上,然后,我们把铺盖铺在稻草上。到了早上,身下的东西全都湿了,我们不得不把它们统统拿到外面去晒。当时,我们八个女人住一个小棚子,挤得连翻身也不能,晚上一翻身,就把旁边的人吵醒了。我们的乡下厕所靠近一条小溪流。刚去的时候,我问别人到哪里去拿水刷牙洗脸,他们告诉我像村里的人一样,到溪流那里去取水用。我拿着牙具到河岸上,我看到人们在河边上洗衣服,有人在那里洗菜,让我大吃一惊的是,还有人在上游洗着他们的木头马桶!所以在开始的三天,我没有刷牙洗脸。后来有人告诉我,我们每天喝的水也是从那条河里打上来的,不过放了一些明矾在里面消毒。

　　后来,戴西这样回忆。在这里,戴西度过了第一次异常艰苦的日子,她挖了好几个鱼塘。不过,这样的日子很快就结束了。不久,戴西接到通知,要求她马上回上海,公安局要找她。于是她搭船回家。在回家前,她接受了难友的忠告,先悄悄通知了波丽,让她知道自己的去向,不至于会失踪。当她离开青浦那肮脏的凹地时,做好了被捕的准备。

戴西回上海坐的也是一条木头船,也是绿色的河水,也有阳光。只是南方的阳光照不透绿色稠重的河水,那些浮满着绿色植物的河床里,据说有着致命的寄生虫。

她坐在行李上,行李下面就是煤渣,小木船缓缓地穿过绿色的田野,周围充满了绿色,还有黄色的硕大的丝瓜花,紫色的紫云英,白色的野菊花,粉红色的喇叭花。她看见一个农家的小女孩,在河边上跳着走路,把花采下来,戴在自己头上。

在航行结束以后,她就从穿着法院制服的警察手里接到丈夫的判决书,已经在监狱中去世的吴毓骧被判为现行反革命,他把自己在香港存有的外汇与在上海做生意的外国人兑换人民币,属于非法套汇;他在与外国商人的讨价还价中,允诺要是对方多买,就考虑给对方优惠,是损害了国家利益;他在家中私藏枪支,是图谋不轨。于是戴西必须为丈夫的罪行还清六万四千美金和十三万元人民币。等着戴西的,是抄家和彻底的清卖,她父亲给她的三个钻石戒指,被估价三百元人民币,包括家用的亚麻床单和请客用的瓷器,也被一一估价,然后运走。在所有家产充公了以后,戴西被告知,她还必须代替丈夫向国家偿还十四万元人民币。她并没有被捕,而是成了一个夫债妻还的负债者。

那次在寂静河道上绿色的航行,让戴西一直记得。直到她去世前不久,她还提到那条再也找不到了的小河,她记得它是那么绿,那么静,那么好。还有那个穿着破衣服,头上插满了野花的小姑娘,她那么幸福。

1998年秋天,9月24日的下午,离戴西去世不到二十四小时的时候,我带着玫瑰去看她。在此以前,我与戴西在电话里约了许多次,她几乎吃不下任何东西,并深感疲劳,她说:"我只要做一点点事,就要上床休息,我简直是把自己扔到床上去的。"

那时,从前的茶房松林已经来到戴西家照顾她,静姝两个星期前离开时,对戴西的身体很不放心,于是松林放下嫁女儿的家事来了,静姝这才离开。戴西有一天想要吃小馄饨,于是,她让松林到外面的街市上去买一客小馄饨来。可松林说外面的肉馅太脏了,不可以吃。要是真的想吃,就自己买肉回来做。戴西叹了一句:"我早就不是从前的少奶了啊。"可松林还是坚持要自己做干净的。等松林做好了干净的小馄饨,戴西已经没有胃口吃了。

她看到了鲜花,抱怨我为什么又带鲜花去,那太贵了。

我说不贵,秋天的花不算贵,秋天的玫瑰带着一种将要逝去的美。我把花放到她的手里,她的手很凉。

她抱了抱它们,笑了:"它们真的是太漂亮了。"

她虚弱得拿不动花瓶,于是她第一次要求我为她做事:在花瓶里装一些清水。水装来以后,她把花束放了进去,整理好它们的枝叶,轻轻地用手背抚了一下正在盛开的白色玫瑰,说:"我总是喜欢花的,一辈子都喜欢。"

我真的庆幸自己那天带了花去看戴西,于是我最后一次看到了她被细小的美丽的事物牵起的笑容。此刻,我想起从前在华沙旧城的一个教堂门口买的戒指,那是一朵用银子做成的玫瑰花,盛开着。我不知道世界上有什么东西能阻止它的开放,也不知道世界上有什么东西能让它凋零。

★ SHANGHAI PRINCESS ★

1964

五十五岁

沸腾的大锅
THE BOILING POT

Those dark personal feeling mingled with criticism burst out like the sewage breaking out while the drainage is suddenly busted. It might spout very high, as if it were an eruptive fountain.

那些阴暗的私人感情夹杂在批判中迸发出来,像在管道里默默流淌的污水,在限制它的管道突然爆裂时,会喷得很高,简直就像一眼喷泉。

在朋友间流传的戴西落难的故事里,她的苦难好像全是"文化大革命"中的事,或者是我们习惯地这样想。在我自己的印象里,1966年以前全是阳光明媚的日子,那些好日子,直到1966年的夏天,才像水龙头一样被关上了,像一个魔法时刻。等到此刻,我在戴西临终前,在中正的帮助下整理她的年表时,才发现事实远不是这样。

事实是,1950年代是一口在柴火上被烧着的大铁锅,锅里的水早已被慢慢加热,从温凉变得烫手,只是大多数人浑然不觉。直到1966年的沸腾,变得不可收拾了,才让人大吃一惊。

在戴西身上开始的,要早得多,人们对他人的仇视和虐待在戴西的经历里,早已开始热身,到"四清"运动开始时,已接近疯狂。

按说,在1963年,五十四岁的戴西,已经到法定退休年龄,当她从农场被调回办公室,把她放在打字员的位置上,她以为这就是退休的前兆了。可是事情并不是这样,过了不久,她又被调到外贸职工业余大学去教英文。

她开始是希望退休的,这样可以离开每日对戴西来说已经身心交瘁的"上班"。可当党支部书记告诉她马上去业余大学报到的时候,她知道自己只有服从这一条路可以走。于是她去了业余大学。

　　她一定也想过怠工的,所以她强调了自己从来没教过书的事实。于是她先被安排到李老师的班上去听课,向李老师学习教学方法。然后,戴西想要好好地教书,于是她小心地吸取了李老师的优点,又加上了自己的长处,还运用了早年学习的心理学知识。这样的教学法很快受到学生们的欢迎,可是戴西马上就发现李老师对她的痛恨,特别是他班上的学生开始越班来听她的课以后,她意识到,那是一个老师对另一个同科老师的嫉妒。可她没有在意。

　　"四清"运动开始时,首先因为戴西丈夫的问题,她成了靶子。从北京来的"四清"工作组来到业余大学以后,第一个就选中了戴西。他们刚开始一点不了解戴西,于是,工作组利用了戴西丈夫的判决书。他们认定戴西是吴毓骧后面的指使人,男人死了,戴西却因此得到解脱。

　　不久,我意识到他们深感兴奋的是,他们想要我交代我自己的罪。每个下午,我们系里的两个老师,其中一个是党员,一个还不是,就会把我叫到一间小房间里去,连着几小时对我严加盘问,就像拿我做 BBQ 的烤肉。他们告诉我一定要好好交代一切,然后,到傍晚时,我就得把我说的都一一写下来,第二天带着去上班。他们总是要我承认那些我从来没做过的事,要是我说我不知道,他们就说我抗拒交代。这样的情形一天又一天地过去,有一天我不得不去看医生了，医生认为我已经精神过劳，他很同情我，于是给了我一些药。我吃了他的药，发现自己在下午审讯的时候居然也昏昏欲睡。尔后，我再也得不到那些镇静剂了！在晚上时，老师们开会讨论怎么使运动进行下去，我不能去开会，因为很可能他们要讨论到怎么对付我，我被送到小房间里关着，等会议结束以后，我才能回家。有一天，我在小房间里等到很晚，一直没人来通知我回家，原来他们都早开完会回家了，只是忘记我还在小房间里等着。

我晚上回家，就用我的打字机把交代打出来，准备明天上班的时候去交。有时候我真的想反抗，我不想再写了，但是中正总是说：妈咪，你还是要写的，去写完吧。于是我就咬紧牙，写啊写。中正总是帮助我的，就像从前我劳动打石头的时候，他来帮我把我搬不动的大石头先砸碎。

由于有了戴西这块靶子，"四清"运动轰轰烈烈在业余大学展开，全校都停了课，每天各系老师们都要在一起开长会，每个老师都要发言批判戴西的罪行，哪怕是从来不认识戴西的老师，所有的人都必须要说些什么。要是不说，就会被认为是和戴西一伙的。于是，所有的人都找出话来说。我们现在已经不能对那个时代的人用通常的德行尺度来衡量，那让人感觉残酷。因为在压力下，绝大多数人都力图自保，然后才能想到尽量不伤害别人。那些老师，绝大多数也是这样软弱的人。然而，对这样的软弱，今天人们表现出来的谅解，其实深深地污染了后人的心灵，也污染了德行的尺度。

不过，并非所有的人只是为了表现出自己的清白这样做，还有的人，是出于落井下石的快感享受和对自己平时无法伸张的私心的满足，而攻击戴西。那个曾被戴西抢去学生的英文老师，他每次都发言，每次都能把一件件小事演绎成电影里才能看到的大事，惊心动魄而且栩栩如生，将批判全推向吸引人的高潮。一个人解脱对他人的妒忌心最好的办法，就是将对手推进无法还手的失败境地，使其再没有机会与自己抗衡。

于是我们知道了，一些在批判会上慷慨激昂的脸后面的私心，也许可以化为群众的革命运动中的极大动力。

那些阴暗的私人感情夹杂在批判中迸发出来，像在管道里默默流淌的污水，在限制它的管道突然爆裂时，会喷得很高，简直就像一眼喷泉。

一次，学校召开了百人大会，那是一个为了谴责我的罪行而开的大会。我坐在大家的面前，人们在我面前站起来发言。他们谴责我的那些事是那么充满了想象力，以至于我开始想要听他们说的了。

有一个人说的事甚至让我觉得想要笑出来。一个女老师说，从前我到永安公司买东西的时候，我总是直接就上五楼的办公室去，那些售货小姐会把我想要买的东西带上来，那些东西都被放在一个个托盘里，她们端着托盘依次走过我的面前,我靠在皮沙发上,一只手拿香烟,一只手端一杯茶,要是我看中什么,就点一点,她们就把那东西留下来。而我从来就不付钱。

我想我这是在听阿拉伯故事了,这哪里是在我的生活中发生的故事!

可在那时,有多少这样的事发生。

戴西在她的回忆录里这样写道。

这时我明白过来,人的妒忌心有时因为是同行,有时是因为完全不同的生活背景。在一个人不可能是郭家漂亮的小姐,但他对那种不属于自己的生活心存向往时,常常在不肯启齿的向往和异想天开的想象里,会夹着嫉妒的怨愤。常常心头这些难言之隐导致了激烈的虐待,他们利用了一场堂而皇之的政治运动,而所有的一切,其实只是因为自己不能像被虐待的人那样拥有。

有时,貌似纯洁的行为实际上是有着非常脏的个人背景。我想起了自己小时候。

在我很小的时候,就开始被教导要夹起尾巴做人,尽量不要得罪任何人。那些教导过我的人,常常都是在"文化大革命"中吃过苦的人。现在回想他们长相不同的脸,我发现他们的脸上总是留着一种非常谦恭的表情。但要是仔细看他们,会发现他们那恭顺的神情,全是百宝箱的盖子。此刻我渐渐明白过来,原来他们懂得了对别人任何不经意的冒犯,包括自己天分上的长处,都会在某种时刻成为杀身之祸。他们所跋涉的世事,常常是崇高与卑鄙泥沙俱下的。

而戴西经受这一切的时候,离"文化大革命"开始还有两年时间。两年以后,"文化大革命"开始,戴西又开始了她清洗女厕所的工作。在许多共产党女干部的回忆录里,她们也写到了自己被迫清洗厕所的往事,带着被侮辱的愤怒。戴西非常理解这种愤怒。她以为,清洗厕所这件事的本身是不侮辱人的,而是人们将你与厕所联系在一起,与臭的、脏的联系在一起,并强迫你去做,这才是对人的侮辱。

在"文化大革命"中,戴西一度离开资本家的连队,与靠边的女干部们一起劳动。她还是必须每天把盛满粪水的木头马桶,从女宿舍里端出去倒掉,并清洗干净。虽然大家都不是得意的人,女干部的地位与戴西还是有微妙的不同。那时戴西已经独自端不动沉重的马桶了。于是,每天有一个女干部帮她一起把马桶抬到粪坑边上,别的事,由戴西一个人完成。许多女干部也曾是"四清"工作组的一员,只是那时,她们是迫使别人清洗厕所的人。

我不知道当一个女干部看到戴西那样熟练地刷洗马桶,她会不会想到为什么戴西会如此熟练?

1980年代以后,戴西在中国大陆几十年的经历成为海外的传奇,外国的新闻记者找到戴西,这时,戴西已经是一个独自住在上海一条安静大弄堂里的白发老人,与邻居合用一个厨房,一个卫生间,但仍旧保持着明亮的眼光。

香港记者前来采访,回去以后,报道说,上海的郭家小姐住在只有几平方米的小房间里,无法自己养活自己,靠海外的亲友资助。戴西为此非常愤怒,她说自己过去的确有一栋房子,现在虽然只有一间房间,但绝不只几平方米。自己虽然失去了所有的家产和首饰,美金和金条也早已经没有了,但自己从来不靠美国的亲友帮助。"文化大革命"以后政府偿还了一部分家产,她照着吴家的规矩,为静姝、中正和自己各留了一份。那时中正已经在美国生活,于是她把中正的一份存在外汇银行里。她说:"记者总是最大的说谎者。"

英国BBC电视小组来到上海访问戴西,他们要求戴西领他们去拍摄利西路的郭宅,那处带着大花园的大房子。戴西领他们去了。他们问到戴西每月可以拿到多少退休金,大概可以折合多少英镑。戴西问他们知不知道中国人日常的消费指数,他们说不那么清楚。于是,戴西说:"我不愿意告诉你们。"事后,戴西解释说,要是她说谎,她就侮辱了自己的德行,而要是她回答了正确的数字,那英国人会非常吃惊,他们会觉得无法生活。因为他们不知道在中国房子租金的便宜程度。但是,BBC却认为是几十年生活的红色恐怖中,郭家小姐已经吓破了胆。

美国著名的新闻节目"六十分钟"主持人华莱士来到中国,他是全世界权威的新闻节目主持人,采访了许多世界重要人物。在北京,他成功地采访了邓小平。然后他来到上海,要采访戴西,这时,戴西久经磨难的经历在海外被许多人传说。华莱士希望戴西能亲口说自己在中国大陆经受的磨难,那是在资本主义国家生活的人不能想象的。戴西接受了华莱士的采访。可没谈多久,戴西就不愿意再说下去了,她拒绝回答华莱士提出的任何关于自己吃苦经历的问题。结果,他们不欢而散。

戴西说:"我不喜欢把自己吃过的苦展览给外国人看,他们其实也是看不懂的,他们是想把我表现得越可怜越好,这样才让他们自己觉得自己生活得十全十美。"

从此,戴西对外国的媒体抱着警惕和审视的态度,她认为这样才能保护自己的自尊。

而这时,一些参加过红卫兵运动的年轻人,去到美国,发表了关于中国生活的小说,书里常常把中国的生活描写得一团漆黑,全然没有了人性,甚至真的人吃了人。

SHANGHAI PRINCESS

1968

五十九岁

来一碗八分钱的阳春面

A BOWL OF PLAIN NOODLES THAT COSTS 8 FEN

She tried her best to keep calm, to avoid using language with emotion, but she could no longer be at ease. She was like a kid who fell and cut her knee, although in great pain, she would only dear to peek at the bleeding with a quick glance, not having the courage to look into it directly.

她竭力保持平静,保持不用带有情感的词语,可已经不能从容。她像一个孩子,摔破了膝盖,痛得要命,但自己只敢一眼一眼地瞥着流血的地方,不敢认真去看。

1966年,"文化大革命"开始。

　　这时我感觉到气氛不同了。当我走到南京路上的时候,发现人们从这里冲到那里。靠近河南路的地方,我看到一家有名的绸布店老招牌被拉了下来,他们在街的当中烧了一把火,把招牌放在火上烧着了。人们兴高采烈地围在一起叫喊。这是我第一次看到他们是怎么对付"四旧"的,马上我就会学到怎么对付资本家的了。我被认为是一个资本家,虽然我在公司里从一开始就是英文秘书。

　　这一年,戴西的工资从一百四十八元被减为二十四元。其中十二元是戴西的生活费,另外十二元是中正的生活费,那时他还在同济大学读书,学校规定每个月必须要交十五元生活费,所以,戴西从自己的十二元生活费里拿出三元给他。

　　我必须要付三元一个月的交通月票,用于上下班。剩下的六元钱,就是我一个月的实际生活费了。这仅仅够我吃东西。我不吃早餐,在学校食堂里吃最便宜的午餐,可我实在不能忍受再在红卫兵的叫喊声中吃食堂的晚餐,所以我去波丽家吃晚餐。可红卫兵发现以后,说我们是在地下串联,不再允许我去波丽家。我只能去找最便宜的小吃店。我找到了一家,那是在从前的中国城墙边上,一家面条店。它的墙上写着菜单,菜单上写着:

肉丝面:2角3分

咸菜面:1角3分

阳春面:8分

我想吃第一项,可太贵了。第二项也不坏,也更便宜。不过我知道我不够钱吃它,所以我要了第三项,8分钱一碗的光面条。

到1996年,戴西对我提起八分钱的阳春面时,她轻轻地吸了一下鼻子,好像在回忆一朵最香的玫瑰一样,她说:"它曾那么香,那些绿色的小葱漂浮在清汤上,热乎乎的一大碗。我总是全都吃光了,再坐一会儿。店堂里在冬天很暖和。然后再回到我的小屋子里去。"

这时,戴西已经遣散了家中所有的仆人。为了付给佣人足够的遣散费,她卖掉了中正的照相机。

12月,戴西和中正被扫地出门,连冬天的衣服都未能如数带出。这时,中正告别了1945年时父亲从敌产管理局带回来的那套小兵玩具,它们被留在他的房间里没有能带出来。他们被允许带几件必须要用的家具。从实用考虑,戴西带出来了一只餐具橱,因为她想餐具总是最有用的。那里面从前放了整套的银餐具,在抄家的时候被没收。而等到中正回家来,才发现戴西在无意中做了一件对以后来说至关重要的事。她无意中带出来的餐具橱里,有两个扁扁的抽屉,原来是放刀叉的。因为银制的刀叉已经被拿走,中正就用来放自己的底片。在最后一次红卫兵来烧东西时,他们把餐具橱上的盖板翻下来,检查里面的东西。翻下的盖板正好遮住两个抽屉,那满满一抽屉底片因此得以保存。1984年中正去美国时,随身将它们带到美国,当我决定要为戴西写一本书的时候,中正从美国带回了复制的照片,它们是这本书重要的一部分。

他们的新居是一间 3×2.4 平方米的亭子间,朝北。学建筑的中正用一个建筑师的精确设计了这间亭子间,搭出了一个阁楼,这样可以让母子各有自己的空间,使戴西可以在房间里洗身,而不需要用公用的厕所。这是戴西有生以来第一次和自己已经长大的儿子同住一间屋,也是有生以来第一次学习怎么和人共有卫生间。在屋顶上有漏洞的房间里,戴西度过了1966年的冬天,晴天时,有阳光会从屋顶的破洞里射进来。而有北方寒流到来的早上,她醒来时,常常发现自己的脸上结着冰霜。

1967年1月,郭家在上海郊区的墓地被红卫兵捣毁,郭标夫妇的铜棺被撬开。等中正得到消息赶去时,墓碑,包括那些用大石头砌起来的墓园都被敲掉了,所有的棺木和骨殖都已经不知去向,包括1963年入葬郭家墓地的吴毓骧的骨灰盒。从此,再也没有找到。1985年戴西决定向上海红十字会捐献遗体并不留骨灰时,静姝和中正马上就想到,她是不愿意自己的骨

"文化大革命"开始时的上海街头。

灰有一天会被人胡乱挖起来,而且,在她心里,要是不能与自己的父母亲人安息在一起,她就没有地方可以归去。

7月,戴西被派到法国公园外面外贸公司下属的小水果店里,卖西瓜、桃子和鸡蛋。

> 当我在卖桃子的时候,顾客总是问我,哪一种桃子最甜,可我不知道。一天,关店以后,我每样桃子买了一只,尝了它们。因为每天在水果店关门的时候,大概等不到明天开门就会坏的水果,就要很便宜地处理掉。我买了处理的桃子。第二天,我就告诉顾客什么样的桃子最甜,他们都很高兴。

到了卖蛋的时候,她请教店里的老职工,然后懂得要是把蛋放在灯光下,用手拢着照一照,就能发现这是不是一只蛋黄完整的好蛋。当时大多数鸡蛋没法冷藏,在夏天坏得很快。常常有顾客拿了打开的坏鸡蛋来店里要求换新鲜的。戴西学会了对鸡蛋的识别,总是帮顾客先选好,顾客开始信任她,认住她的摊位来买鸡蛋。

从戴西卖鸡蛋的小店一直向北走,经过淮海路到南京西路,就能看到一栋老式的大楼。在那一年,常常有人不能忍受生活中的剧变来这里跳楼自杀,因为那里自杀事件多了,人们把那栋楼叫做"自杀大楼"。我以为,在1958年就开始经历重大不幸的戴西,到十年以后的1967年,发现自己不光没有否极泰来，反而更加险恶，她没有自杀，已经很不平常。而她尽量与命运合作，调和尖锐的冲突，让自己和孩子都看到生活并没有完全失控，则是一个奇迹。1920年代出门需要防弹汽车和保镖的郭家小姐，在1967年时懂得，怎么在恶意滔天的时候，保护自己和自己的孩子了。

这一年，波丽被红卫兵打得很厉害。一次，戴西去看波丽，发现她独自坐在卧室的暗处，她的脸和手上到处都是乌青的淤血。另外一次，她发现红卫兵从开着的窗子爬进波丽的家里，他们总是随时进出波丽的家，将她大骂一顿。

戴西留下的，是一份回忆录的草稿。就是在她的最后一天，我见到她，她为我签署了同意我使用回忆录和照片的授权书，她还计划等身体恢复了以后，要修改回忆录，但她说明，她的回忆录不是为了发表，而是为了让后一代人知道她的生活。在这份文件里，她写到1966年开始的"文化大革命"，这时，她的叙述开始慢慢变得跳跃和潦草。写到"四清"时，虽然已经日渐昏暗，但她还有条理，保持着平静。可进入"文革"的阶段，她竭力保持平静，保持不用带有情感的词语，但可已经不能从容。她像一个孩子，摔破了膝盖，痛得要命，但自己只敢一眼一眼地瞥着流血的地方，不敢认真去看。

在那些段落里，常常会突然加进对童年往事大段的回忆，开始，看上去觉得乱，然后，慢慢地，想起了戴西的话。戴西的确很少说起她"文革"中的经历，她说过，她要是回忆一次，就像是重新再经历一次一样，非常痛苦。即使是已经过去了二十年,远在美国,一个人对着打字机和纸,她还是做不到。她不得不像浮上水面来呼吸的蛙泳者一样,埋头游一段,就不得不挣脱出来,回到她的童年往事里。在她对童年的回忆里,也没有用任何一个带有感情色彩的词语,只是她的叙述突然单纯,她的回忆突然明晰,可以看到一颗小姑娘积极的、向往的、爱父亲也爱家里的马的心在那里有力地跳动。她在回忆里,常常会不由自主地向童年逃去,而且是向在澳大利亚爽朗的蓝天下度过的童年逃过去,后来在上海经历过的那些奢华岁月,包括在"中西"时代的自如和在燕京时代的骄傲,竟都不是她想要逃去的方向。

1968年,戴西接到通知,在同济大学的中正被认定是反动学生,已经被学校隔离。戴西又一次为自己的儿子送去了变相关押需要用的衣物。然后,每隔一个月,她像从前去第一看守所一样,去同济大学为儿子送日常用品。从前,中正常常代替戴西去第一看守所,现在,没人能代替戴西了。没人知道在从她的家到同济大学的路上,她心里怎么想,会有什么体会,她从来都没有说到这些事,她只是从来没有逾期不去。

不过,她常常用的是晚上的时间。在白天,她总是尽量不回家,或者不出门,避免路过弄口,因为那里有红卫兵把守,看到了她,他们总是像看到了兔子的猛兽一样兴奋起来。在被逼到角落再无路可退以后,她也会挺起胸来。

每次戴西离开弄堂,就必须先在那里竖着的毛泽东像前站十五分钟。那时她已经没有手表了,所以不知道自己到底站了多久。总要等到红卫兵放她走,她才能走。后来戴西有了一个主意,她带着闹钟出门,那天,当红卫兵对她叫:"时间已经到了,你还站在这里想干什么?"戴西摸出钟来拿给他看,然后说:"你错了,还差三分钟才到时间。"

但是,在戴西的回忆录对这一年纷乱的描述中,她写下了这样一个影响了她的人。

> 他让我体会到了在这时想要与任何人论理都是不明智的。他是个医院里的主治医生,他乘公共汽车去上班。每天早上他妻子都给他五分钱买车票,她把钱装在他的衣袋里。公共汽车总是非常拥挤的,医生只能站着。他想要伸手到衣袋里去摸那五分钱,可因为太挤了,他不小心把手伸到了贴在他边上的乘客衣袋里。那个人立刻叫了起来,他说医生是小偷。公共汽车停了下来,医生被带到了警察局。警察局立刻通知了医院的党组织。党组织来了人,想要弄明白他们医院工资最高的医生到底怎么了。这时,医生说出了真相。"为什么你当时不对公共汽车上的人说呢?"他们问。"因为我想对他们解释,他们也不会相信我,反而会打我。我想就当我是错的,我才会安全。"

这是戴西的 1968 年。

这一年,在美国的兄弟姐妹为断了音讯的波丽和戴西留下了照片,那是他们的家庭聚会上的合影。沃利晒得很黑,好像是刚刚从海边度假回来,大嫂嫂没有怎么见老。安慈还有着惊人的秀丽,保留着第一届上海小姐的风范。他们的孩子都已经在美国长大,不怎么愿意多说中文了。

后来,波丽和戴西先后在上海去世,家中的八个孩子,只有她们俩一直没有离开中国,也只有她们俩先后把自己的遗体捐献给了上海的红十字会,不求任何报偿,她们都在志愿书上签了自己的中文名字。志愿书上写着:"我志愿将自己的遗体无条件地奉献给医学科学事业,为祖国医学教育和提高疾病防治的水平,贡献自己最后一份力量。"

1968年,郭家在美国的亲属聚会。沃利连眉毛都白了,大嫂还很漂亮,而安慈戴着硕大的白耳环,仍能看出当年第一届上海小姐的美貌。这一年,留在上海的两姐妹也相聚在照相机的镜头下,她们的头发也白了,她们的衣服是不同的,还有屋里的背景。

没有人真正相信她们在这份文件上签下了自己的名字,就真正认同那上面表达的意思。有人说,她们一生被别人说成是寄生的,最后想要表明自己不是寄生的,而能做到大多数人不能做出的贡献。

也有人说,她们没有了自己家的墓地,觉得没有地方安息。

SHANGHAI PRINCESS

1969

六十岁

骄傲与坚持
PRIDE AND PERSEVERANCE

A person, who was suffering not for the masses, could still keep one's tough dignity. Being an ordinary woman, she was doing all this in order to maintain her own clean record, not willing to let her children encounter any more mishap because of her.

一个人不是为了大众而吃苦，也可以保持顽强的尊严。作为一个平凡的女子，她为的是，不肯伤害自己的清白，不肯因为自己再给自己的孩子增加一点点不幸。

这是一张用在上海市区公共交通月票上的照片。不过从1969年开始,戴西终于可以不再用十二元生活费中的三元去买月票了,她被送到崇明岛上的东风农场劳动改造。

开始因为从外贸系统送去崇明的,就戴西一个女资本家,她在资本家连队里没地方住,所以被送去与下放在农场管理资本家连队的女干部住在一起。在那里,她知道了,资本家在背地里叫农场"集中营",女干部们在背后也叫这里为"集中营"。

在太平洋战争中,这个小岛上,日本人真的为在上海避难的两万犹太人造了死亡营,只是最后没有执行。

清洗马桶还是我每天的功课。有一个干部每天和我一起去。我们屋子里住了七个人,所以,她们每天出一个人帮我一起把沉重的马桶抬到粪池边上去,这就是她们做的。然后,我要倒马桶,把它搬到河边上洗干净,然后把马桶搬回宿舍去。马桶很大,又没有把手,所以你能想象到我一个人搬它有多困难。有一次,几个农场的年轻人批评女干部们,说她们让我一个人做这样的事是不对的。但照女干部们的意思,就是要这样做,才能改造好。那些年轻人说:"我们觉得她们也需要这样做,来改造好她们自己。"

我什么也没说。除了干所有要我干的农活以外,不光倒马桶,每天早上冲满宿舍里所有的热水瓶也是我的事。有一天我不小心滑倒了,打碎了她们的一个热水瓶。我不得不去买两个热水瓶胆来赔给她们,就像她们要求我做的一样。这对一个月只有六元钱的我来说,真的是大支出了。

这样的日子过了几个月以后,戴西被送到另一个农场的资本家连队里去,因为她原来所在的女干部连队要集体迁往"五七干校"。"我已经开始习惯了这里的生活,而且发现这里的资本家们之间是友好的,容易相处的,可我必须要服从命令。"

戴西在农场度过的最初几个月,在我看来,是非常恐怖的,好像独自裸露在狼群中。到现在为止,她是第二次离开自己的家去劳改地劳动。可第一次她是与自己的难友们在一起,当她被公安局召回上海时,有个年轻的女孩子冒着危险提醒她,要先设法保护好自己。那是一个人在危险中获得的巨大安慰。而这一次,她是独自一人,生活在一群可以随意欺辱她的女干部中,没有一分钟,没有一个角落,能放松自己。在我的想象里,这样的日子一定比监狱的日子还要可怕。戴西不光没有发疯,没有自杀,她还认为自己习惯了那样的生活,甚至她在那时还保持着对新事物的好奇心,在冬天大家去挖河泥的时候,她也主动报了名:"因为我非常好奇。"

我不知道她是靠什么坚持下来的。

但是,多年以后,戴西回忆起来,发现比起新换的农场,原来的地方真的还是好的。当她来到新的资本家连队,发现这里的生存更加困难,他们常常5点就必须出工,而且没有早饭供应。看管他们的女干部每六个星期就更换一次,每个人都按照自己的喜好、自己的心情和自己的方式管教资本家们,没有任何规章可言。但她们都会找所有的机会来批评指责资本家们干的所有的事,让他们天天知道自己所有的一切全是错的。就是在田里干活的时候,要是有人互相问一问怎么干活,也会马上被干部高声责骂。而大家全习惯了沉默地接受,不作任何申辩。

这也是戴西做的,她在那个发生在公共汽车上的医生的故事里,就知道该怎么做了。

在这样的环境下,戴西看到了资本家之间的倾轧、出卖,看到了在重压之下,难友们成了睡在身边的仇敌,为了很小的事情,他们都会不惜伤害别人,为了给干部留一个对自己的好印象。有一次,戴西看到一个老资本家因为无法咽下冷了的白煮蛋,就把它埋到热饭里,想把蛋焐热。可马上就有人去报告说,这个老资本家贪吃,好吃,把好吃的埋在饭里偷吃。

这时,戴西才知道自己是到了更加险恶的地方。

有一天,他们在田里晒稻草。当戴西将自己草垛的最后一叉草挑开时,发现底下有一窝小老鼠。她从来是怕老鼠的,于是惊得大叫起来。被戴西的叫声惊扰的老鼠们纷纷逃跑,可几只刚刚生下来的小老鼠只是惊呆在原地。这时,一起干活的老资本家们纷纷叫着:"打死它们,打死它们!"可戴西下不了手,于是,老资本家们一拥而上,打死了那些已经吓呆了的小老鼠。

这时，戴西明白过来，必须要为更好地保护自己做些什么。而且那必须是一件讨好干部、但不伤害任何人的事，这是戴西的决定。于是，当干部再一次骂她不会用汉字写交代材料和大字报，是十足的洋奴时，她马上表示一定要从现在开始认真学习中文，目标是用中文学习毛选，写大字报和交代材料，并学会看中文报纸。她开始用中文写交代材料，干部看到她写的东西大吃一惊，因为有一半的字是错的。她常常拿着报纸去问干部生字，到了他一时兴起时，也边骂边教戴西认字。

这是她上中学、大学都没遇到过的事，也是写了快十年的交代材料没有做到的事。她第一次学习得如此努力，而且真的在报纸上的大批判文章里学会了用中文写和说。只是，至今没有人知道她到底会多少汉字，到底有多少是真的在骂声中学会的。常常在有人要与她顶真的时候，她就真诚地疑惑地看着你，表示她的中文还不够好，听不明白你的意思。

有一天，我们开会选在我们这里的资本家，谁取得了最大的进步。有人互相提名。这时，管教干部说话了："你们是不是忘了谁？"

一片寂静。

然后，他说："没人注意到郭婉莹的进步吗？"他叫我走到前面去，告诉大家我是如何努力在工余学习中文的。我说："这都归功于干部，是他强迫我一定要学习中文，我才努力学的。这是我所受到的最好也是最大的压力，让我有了进步。要是他不向我指明,我就不会有这样的进步。"听我这样说,他高兴得要命。

和她在一起劳动的一个人,曾说,这个外国老太婆不愧是1934年燕京大学心理系的毕业生。她竟然能够在那样的环境里保护了自己的自尊,满足了干部的成就感和统治欲,给他留下驯服的好印象,还没有伤害别人,不给自己的心里留下伤痕,而且以自己坚强的生存安慰和鼓励了自己的孩子。

要是我的话,我会怎么样?

有一天,我和戴西说起这些事,我说也许我会自杀的。可戴西摇摇头,说:"不会的。在你没有经历的时候,会把事情想得很可怕,可是你经历了,就会什么都不怕了。真的不怕了。然后你就知道,一个人是可以非常坚强的。比你想象的要坚强得多。"

这就是已经二十多岁的媚,会在戴西九十岁去世时非常震惊的原因吧,因为这个几乎是在戴西照顾下长大的女孩子,认为奶奶是那么与众不同,甚至死亡都不能战胜她。在经历了那么多可怕的事,危险的事,伤心的事,放在郭家四小姐的身上不能想象的事,最终,她还是端正地微笑着坐在你的面前,文雅地喝着红茶,雪白的卷发上散发着香气,你觉得还有什么是她不能够越过的吗?

她还是高高地仰着她的下巴。只是现在,在中西和燕京时代的同学,从前认为她是"高高地仰着她骄傲的下巴"的同学,不这么说了。

要是她是一个落难的共产党员，我会认为她能靠自己对信仰的坚持活下来，就像江姐那样。要是她是一个受难的教徒，我也会认为她会在受难里体会信仰的甘美，像许多中世纪的修女那样。有信仰的人会在为信仰而受难时得到精神上的赞美和升华，可戴西不是这样的人，甚至我们不能说她是真正有远大抱负的知识分子，她更像一个有知识的家庭妇女。

她只是一个从小锦衣玉食的女孩子，是一个大百货商的四小姐，是日本人占领上海以后，为了不和日本人打交道，马上辞职回家的少奶奶。她更合适于优渥的，芳香的，赞美的，精致的生活。就是当年康同璧曾特意教了她用铁丝在煤火上怎样烤出金黄的吐司面包来，也需要有一张安静的桌子和一个煤火红红的炉子给她。她表现出来的教养，对钱的，对侮辱的，对他人的，对自身的，甚至对小老鼠的，其实是一种坚定的骄傲，一种"没有什么东西吓过我，也没有什么可以真正吓住我"的骄傲。如今，她那高高仰着下巴的样子，让从前为此感到距离的老同学们骄傲。

从小在江姐的故事里长大的我，惊奇地发现，原来一个人没有信仰，也可以非常坚韧。一个人不是为了大众而吃苦，也可以保持顽强的尊严。作为一个平凡的女子，她为的是，不肯伤害自己的清白，不肯因为自己再给自己的孩子增加一点点不幸，我想她不自杀，不愿意让孩子伤心，也是一个重要原因吧。

我不知道静姝和中正从来没这样提起过，是像他们的母亲那样，将所有的感受放在心里，还是认为妈妈完全是一个波丽安娜。

★ SHANGHAI PRINCESS ★

1971

六十二岁

光荣退休
RETIREMENT WITH HONORS

"It was proven that I was not a capitalist, it was proven by them! Yet, like all capitalists, I have suffered a lot, and they were the ones, who made me suffer. This certificate is the proof."

"我被证明不是资本家,被他们证明了。而我像一个资本家一样,吃了所有的苦,也是他们让我吃的。这个证书就是证明。"

第一次到戴西家里去的时候，我发现了墙上挂着的镜框，那是一个1970年代式样的老镜框，带着那个时代拘谨和贫穷的气息，里面镶着一张戴西光荣退休的证书。我一直以为只有纯朴的老产业工人才会把光荣退休的证书小心地挂在墙上，没有想到在戴西家也看到了它。

戴西为此非常骄傲。

戴西1971年退休，得以从崇明农场回来。这意味着，她终于可以结束集中营般的生活，得到自己的空间了。我从一个在五七干校劳动过数年的老人那里知道，当他接到通知，可以回家住的时候，高兴得什么都不想要了，转身就往车站走。我想对这一天的盼望，戴西一定比这个久经沙场的老人要殷切得多。然而，戴西并不因为可以从农场解脱出来，就逃之夭夭，最好再也不要看到给了她那么多痛苦的人和地方。

戴西在情况松动了以后，马上就去找单位的领导，她要一张和所有退休职员一样的光荣退休证书。

领导说，她是资本家。

可戴西说，她出生在一个资本家家庭，又是一个资本家家庭的成员，可她本人并不是资本家，因为她只是她丈夫公司里的一个英文秘书，公司里没有她的名字，也没有她的股份，她在公司没有决定权。

领导说,她说的一切必须要得到原来公司职员的证明。

戴西就去找当时的同事,她得到了证明。

于是,戴西得以作为一名职工退休,而不再被认为是资本家了。她在这一年得到了这个带镜框的证书,表明她是"光荣退休"。而这一年和戴西一起从崇明退休回来的资本家,没人得到这个镜框。

她特地在镜框下照了相。

她那天说:"我被证明不是资本家,被他们证明了。而我像一个资本家一样,吃了所有的苦,也是他们让我吃的。这个证书就是证明。"

这就是它会在戴西的房间里一挂多年不动的原因。直到她去世以后,她的孩子们,还是把它留在她房间的墙上。

※ SHANGHAI PRINCESS ※

1974

六十五岁

亲爱的奶奶不同于众
DEAR GRANDMA IS SPECIAL

She was always energetic, nd people all wanted to be with her. At the gathering of relatives in Shanghai, it would be boring if she were not there. When going to the restaurant for a meal, ven the young people there could not take their eyes off her.

她总是兴致勃勃的,让人想要和她在一起。上海的亲戚聚会,要是她不在,大家都觉得没意思了。就是去吃饭,餐馆里上菜的青年都多看她两眼。

1965年,在北京的静姝嫁给了一个来自上海的足球运动员,那时戴西正在经历残酷的"四清"运动。静姝当年的男朋友出生在上海的平民家庭,波丽知道这件事,曾写信去阻止,可是戴西明确表示,只要静姝真的爱他,就可以嫁给他。就像许多年以前,她对安慈爱情的支持。于是静姝就嫁给了他。

　　1970年,毕业以后被分配到凤阳当工人的中正娶了自己师傅的女儿,那时的戴西正在崇明农场劳动,工余拼命学中文。中正当年的女朋友是他的师傅主动介绍给中正的,因为他很同情中正的遭遇,也喜欢中正的为人。戴西曾写信给中正,担心教育背景和生活背景那么大的差异,是不是会影响他们以后的生活。经历了1964年和1966年的中正,对戴西说:"最坏的其实是有知识的人,是心不好的知识分子。而工人,真的会非常善良。"戴西再也没有说什么。等她休假的时候,她去凤阳看望中正和他的妻子。那天小城里的人都来看从上海来的资本家太太,他们说戴西比中正的年轻妻子还要好看。以后每次去凤阳,戴西只穿蓝上衣。

　　1971年退休以后,戴西曾每年三个月住到凤阳去帮助中正照顾他的孩子媚,每年六个月在北京帮助静姝照顾她的孩子锋锋和丫丫。当她到北京去的时候,常常也会把媚接到北京去,减轻中正和他妻子凤林的负担。我想,她是用这样的行为,表达自己对在最困难的时候因为爱情而进入她家庭的外姓人的爱与关心。事实上,从媚的小时候到上小学,到中正一家去美国,把媚暂时留在戴西家的中学时代,媚几乎是跟着奶奶长大的孩子。至今在戴西房间的墙上,还保留着媚青春期贴在床头的小粘纸片,那些拇指大小的日本卡通美女。自己的孩子是由保姆照顾大的,自己的孙辈,则是由自己亲手照顾,戴西喂过他们饭,抱过夜里惊啼的他们,带他们出去玩,教他们说英文,做所有老祖母做的事。她也赢得了他们的敬爱。

可媚长大以后,开始表达自己心里的感受,却说,奶奶真的是不同的。她不是别人家的奶奶,是特别的,她从来不像别的老太太那样站成一堆说闲话,从来不像老人那样不注意自己的美,要是走在街上没人要注意他们。奶奶实际上更像是一个吸引人的女子,总让人喜欢看她,听她说话。她总是兴致勃勃的,让人想要和她在一起。媚说:"我知道还有许多奶奶教我的东西,现在我还不那么明白,要等到将来,我才会慢慢知道它的价值。她最多的,是告诉我,人一定会遇到许多事,那时候一定不要怕,什么也不用怕。我知道这一定对我很有用。"

媚现在已经是一个二十多岁的女孩子了,在葬礼上她拉着戴西的手不肯放开。她一直忍不住用自己的手去暖奶奶变得冰凉的手,那是她从小就熟悉的、手指都变了形的手,希望它们能暖过来。她有了一个男朋友,他们想要生一个孩子。在戴西去世以后,媚说,回美国她就考虑生孩子的事了,她希望自己生一个女孩,名字就叫戴西。

∗ SHANGHAI PRINCESS ∗

1976

六十七岁

再婚
REMARRYING

They would make an appointment to go to the teahouse at a park, or to a friend's place. Daisy would always go together with Mr. Wang.

从前的老同学老朋友开始聚会，他们总是约好一起去公园的茶室，或者去一个人家里，戴西总和汪先生一起结伴而去。

这一年,戴西与在外贸职工业余大学时期的同事,英国牛津毕业生汪孟立(戴维·汪)结婚。

他们曾是多年的老朋友,汪孟立常常帮助处在困境中的戴西。他们非常谈得来,静姝好像又看到了从前妈妈和爹爹在一起聊天时滔滔不绝的情景。汪先生四周的人都说,静默的先生从来没说过这么多话。这是一个与吴毓骧甚为不同的男子,他很静,接近于古板,让小孩子害怕。

从杭州旅行回到上海以后,他们开始商议结婚的事。中正曾经表示反对,他说自己一定可以养活妈妈,不愿意妈妈为了依靠别人而结婚。

静姝则赞同妈妈结婚,她以为戴西是为了生活的趣味。

于是他们结了婚。结婚的前夜,戴西在汪家的房间里准备得晚了,就预先留宿在她的新房里,当天夜里,戴西坚持要开着房门睡,表示自己并没有做什么出格的事。

结婚以后,戴西与汪先生一起常常去旅行。

"文化大革命"后期,社会对又老又病的资本家不再注意,他们从前的老同学老朋友开始聚会,他们总是约好一起去公园的茶室,或者去一个人家里,戴西总和汪先生一起结伴而去。

以后,戴西回忆起第二任丈夫,说他是一个好人,只是不像第一任丈夫那样,有那么多共同的话题可以说,没有那么多的fun。这么多年过去,她还是用当年常用的那个老词。

四年以后,发现汪先生患了癌症,戴西开始奔波于医院,直到两年以后,汪先生去世。

戴西再次独立生活,直到去世。

· SHANGHAI PRINCESS ·

1977

六十八岁

私人授课的英文老师戴西

DAISY, A PRIVATE ENGLISH TUTOR

They suddenly woke up something in my heart, just like those worn-out buildings of the colonial age, which stand along the streets in Shanghai. These buildings would wake up the history of a city.

他们突然唤醒了我们心里的什么东西,就像上海街上的那些风尘仆仆的殖民时期的老房子,会唤醒一个城市的历史一样。

在十年中随处可见的大字报,让街道充满不安,人心浮动的大字报和大标语,不管是当时打倒刘少奇的,还是后来打倒"四人帮"的,这时都已经在江南潮湿多雨雾的湿润空气里褪色,变旧,像破棉絮一样一丝一缕地挂在墙上。用油漆画在墙上和广告板上的毛泽东肖像,那红光四溢,下巴带有一粒痣的脸,这时也已经渐渐露出了从前被覆盖了的墙面的底色,那是一些灰色的水泥墙面,是上海城市惯常的颜色。

这一年,国家当真动用了印"毛选"的纸,印大学入学考试的试卷,全国的大学在停止了十年考试以后,又要按照入学考试的成绩,决定谁可以上大学了。

整个中国立刻被席卷在一股像陈景润那样忘情学习的潮流里。而上海的鲜明特点,就是青年对英文马上表现出来了热情,不少单位也马上觉悟到英文的重要,在单位里开设英文补习班。这时的英文,不再是从前上海学生开玩笑说的"English,阴沟里去",而成为热门学科。而且从此再也没有低潮,直到现在。

弄堂口的墙上,小街拐角的树干上,还有电线杆上,1960年代常常贴着揭露别人隐私的小字报的地方,1990年代初贴老军医包治花柳病广告的地方,在1977年时常常能看到私人老师补习英文的广告纸,那时没有人真正懂得怎么写,只是老老实实地用娟秀的小楷写着地址和老师的名字,那时也没有老师敢把自己的英文名字写在上面,常常只是写一个姓而已。当时甚至没有一本英文教材可以用,有的老师用的是自己在老式的手动打字机上打下的文章,常常是《The Little Match Girl》,那时上海的文具店里没有改正液卖,老师打错了,就把纸再卷过来,用 X 键一个一个复打过去,就把错的那个单词覆盖掉。

有的老师则是用"文革"以前的老课本,常常是许国璋英语,还有老师偷偷使用夹带来中国的《英语900句》。很快的,最时髦的青年嘴里腼腆而欢快地出现了简单的英文句子,像"How do you do"。

戴西在这一年被请到上海硅酸盐研究所,为所里的专业人员上英文课。这是她第一次被一个公家单位恭敬地邀请去做老师,她第一次受到了在她出身、她的背景以外的尊敬,对一个好的英文老师的尊敬。这也是她第一次从心里喜欢她的学生们。日后她回忆起来时,总是说,他们是最好的学生,那么聪明,那么勤奋,那么恭敬,对英文和用英文的世界充满了内心的渴望。

从这一年,戴西像许多她这个年龄的上海英文老师那样,开始了学校外教授英文课的生涯。她除了去研究所以外,还在家里收了一些学生,开始他们大都为了考大学,后来,他们为了出国留学。在家里靠窗的小圆桌上教英文的生活,戴西一直延续到她生命的最后一个夏天,从未停止过。她教过几十个学生,有医生,学生,职员,无业青年,包括邻居家的孩子,甚至还有从前郭家司机的后代,陆陆续续地,他们都出国去了。当戴西八十九岁的时候,她还计划过,想要找到一个传说中已经九十岁还在教英文的老先生,也是燕京毕业的,向他讨教。

在这张最初进入中国大陆市场,因为胶片和药水的不匹配而色彩失真的彩色照片上,记录了英文复兴时代的戴西,她脸上终于出现了真正的笑容。这笑容,让我依稀想到在锦霓沙龙时代,她的笑容。只是那时,她的脸上没有眼镜,她的头发没有白,她的眼睛里没有一丝狡黠的神色。四十多年过去以后,才又看到了她由衷的微笑。在戴西家里,到现在还留着一只有两个大黑喇叭的老式笨重的三洋录音机,它让我想到了老师家冬天用来暖手的玻璃茶杯,老师家陌生的烹饪气味,还有老师老式的英国口音和句型,中规中矩的"Yes",而不是后来我们习惯的美式的一声大大咧咧的"Yea"。

那个时代的年老的英文老师的脸上,有种表情很奇怪,不同于语文老师的举子气,也不同于数学老师的严肃,不同于政治老师的报纸头版气,也不同于音乐老师的浪漫。戴西的笑脸,就是一个最好的例子,在里面,你看到了谦恭收敛的同时,也看见古典欧洲般的精美,那是只有那个年代的老年英文老师才有的神情。

那时候,一个年老的英文老师真正受到许多青年的尊敬,英文老师向我们展开的是另一个世界。他们从来不是只教课本上的英文句子和单词。我想那时的戴西,一定也是这样的一个老师。

  这样的老师,通常他们会在 12 月的课上,用刚刚进口的三洋大喇叭录音机,给学生听自己录的圣诞颂歌,然后做一个关于圣诞的口语对话。他们会在 11 月的课上谈到火鸡。也许还会带着好学的学生一起 AA 制去淮海路上仅存的西餐社吃一次饭,告诉学生吃西餐时,不能像吃中餐那样分享,而要自己吃自己盘子里的一份。他们就这样渐渐地、不由自主地把一个用英文的世界,尽量完整地交到了学生的心里。因此,在以后,她最好的学生会在她生日的那天,带着一个小蛋糕和一小盒蜡烛来上课,他们在一起吃她的生日蛋糕,帮她一起吹灭蜡烛。她会告诉他们,怎样可以做一只最好吃的,带着俄罗斯点心风味的蛋糕。我不知道是不是北京的英文老师也这样教学生,回想起来,在我的 1978 年,我在英文老师的课上,第一次看到了美国的踢踏舞到底是怎么跳的,我的英文老师,当时是七十多岁的燕京毕业生,算起来,他还是戴西的校友。

  那个时代突然迷上英文的青年,除了很少的人有明确的功利目的,大多数人是同时被自己的好奇心和自己遇到的英文老师迷住了,他们突然唤醒了我们心里的什么东西,就像上海街上的那些风尘仆仆的殖民时期的老房子,会唤醒一个城市的历史一样。有一次,我的英文老师从他的字典里找出一张过去的圣诞卡来,那是我第一次看到世界上的圣诞卡,告诉我 "merry" 这个词的解释,和圣诞节的意思。当然,他说是为了教《卖火柴的小女孩》,这是要让我们知道西方社会穷孩子的生活。当他说到圣诞歌和圣诞树上的大星星时,他的眼睛里发出了明亮的光,照亮了他的整张线条谦卑的脸。

等学完了英语语法部分以后,老师会找更复杂一些的课文来上课。会在课文里学到一些英语的俗语。我记得老师在一个下午教了《New Concept English》里的一课,在 1980 年,这是中国青年可以买到的第一套从外国进口的英文教科书。在戴西家我也曾看到,她用牛皮纸包了书,里面的书页已经完全黄了。一个已经忘了季节的下午,老师在课文里教到一句话,"就是乌云,也有它的金边",老师说,这是非常美丽的天象,也是一个人美丽的生活,虽然这个人的生活像乌云一样,可他还是能拥有一条太阳照耀的金边。那一天,老师握着书的样子,让我觉得他是导师,而不仅仅是英文老师。

戴西说,总有许多人来找她,只要学口语,有人是出国在即,有人是找到了急着要和外国人打交道的工作,还有人是觉得用多少就学多少。戴西从来不收这样的学生,她会马上拒绝说:"我不会教口语,我不知道只学口语应该怎么教,学英文是接受一种教育,不光是学会用一只工具。"

还有一个圣约翰大学的英文老师,到英文课结束以后,学生问到他的学校生活,圣约翰的学生,在学英文的上海青年心目中,是中国人说比英国人还要文雅的英文的神秘典范。老先生马上换了英文说:"要是你还当是在跟我学英文的话,我就用英文告诉你。我们学英文,总是要找一些话题来说,你的问题可以作为我们的话题。要是你这算是问我问题,我是不回答的。"

在"文革"中，曾有一句著名的话，用来形容老的英文教师这样的人："屋檐下的洋葱：根焦叶烂心不死。"在我们充当清教徒的小时候，看到他们怎么看也不合适地穿着人民装，说着怎么听也拗口的革命语言，小心翼翼生活，像紧关着大门的教堂一样。而一旦可以说英文了，英文教学就像一双最有力的手，帮他们剥去了罩在外面的烂叶子。

教会了一个买来蛋糕和奶昔为英文老师过生日的上海青年，他已去了国外。

他们在一代 1970 年代末学习英文的上海青年心里，有着不能代替的连接者的影响。我想，除了我们这一代经历过的人，还没人真正意识到这一点，包括那些突然在青年面前大放光芒的英文老师本人。应该说，是他们，将已经消失了的对西方世界的联系与亲切的感情，重新种回到我们心里。也许，这也是为什么在以后的十年中，上海青年出国的人大大多于其他中国城市的原因吧。这也许是为什么又过了十年，旧上海的生活方式能被新一代人逼真地模仿，上海变成了中国对自己的异种文化最念念不忘的都市的原因。

· SHANGHAI PRINCESS ·

1982

七十三岁

英文顾问戴西
ENGLISH CONSULTANT, DAISY

That was like the feelings of islanders, who stepped onto a vast continent, which they had seldom been upon. The islanders would suddenly discover that they have such colorful prospects, and would be obliged to quickly forget those old drawbridges that they first used to escape from the islands.

就像岛上的居民踏上难得一去的宽阔大陆的感觉一样,突然会发现前景是那么开阔,那么纷繁美丽,简直要让人不得不很快地忘记最初逃离岛屿时使用的那些老吊桥。

上海的金枝玉叶

上海开始慢慢恢复了和国外的贸易联系。最初是上海的工业系统发现自己需要向外国的机械制造商买新型机器,也需要输出自己生产的工业机械。于是上海地方开始出现了一些直接与外商打交道的机构,很快,他们发现自己的职员看不懂英文的商务信函,也不会写,常常带来许多沟通上的麻烦。于

戴西八十岁大寿,是由她做英文顾问的公司出面为她庆祝的,公司感谢她为公司做出的贡献,她第一次得到了工作中的同事们的生日祝贺,得到了一份新的生日礼物。

是,他们开始寻找四十年前的熟悉这方面业务的上海老人,作为顾问来帮助他们与外国商人联系。当时,有一批老人被恭敬地请到办公室里,帮助职员们修改英文信,帮助总经理们判断和谈判。

戴西就在这时,被请到咨询公司,作为商务信函顾问。从她的手里,开始出现了标准的商务信件。后来,被她帮助的年轻职员,也开始可以写通晓的商业信函了。那时,她不再被人称为四小姐,也不被人称为少奶,当然也不是粗鲁的直呼其名,像1967年女佣的儿子来追讨遣散费的时候那样,这时所有的人都叫她"郭老师",这是一个尊敬的称呼。

戴西当时在静安宾馆上班,当时的澳大利亚领事馆也在静安宾馆里,就这样,戴西认识了从她老家来的澳大利亚的商务领事,他们成了朋友。因为商务上的需要,他们在一起办了上海当时仅有的一份信息交流双周英文小报"English Letters"。然后,澳大利亚在上海的商务渐渐顺利发展起来。

戴西在咨询公司当了整整十年顾问。在她八十岁大寿时,公司的总经理和员工为她办了生日庆祝会,他们为她买了大蛋糕,为她唱了生日快乐。这是戴西一生中第一次,由一个公司,因为她出色的工作,为她庆祝生日。她终于得到了爱戴和承认。

1993年我去俄罗斯的圣彼得堡旅行,当时俄罗斯刚刚结束了议会与叶利钦政府的武力冲突,市场混乱,卢布贬值,老太太们在冰天雪地里用手托着几个西红柿叫卖,而百货商店里漂亮的狐皮暖袖,竟然是用一张过期的报纸来包的,然后再用小绳子捆一捆。

我很喜欢俄罗斯，看到凋败而茫然的社会，心里难过。

在咖啡馆里，遇到一个能说英文的大学老师，于是就说到俄罗斯的将来。

那个大学老师，眼睛微微倾斜，就像屠格涅夫描写的女子一样，有着彼得堡女子时髦而简约精巧的美，就像上海女子一样。她说，彼得堡的情况不好，大概需要二十年左右，用整整一代人的时间才能恢复，因为俄罗斯已经有了七十三年的断裂，新一代人已经说不上是恢复，也无法连接，而要从头开始。这就是外国商人还不放心也不愿意在俄罗斯经商的原因之一，因为彼此还没有真正找到沟通的渠道。

"而你们的情况要好得多。"老师说，"你们只有四十多年的断裂，老人都还活着，你们可以很快地学习许多共同的法则。"

那时我想到我在上海常常听说，外国商人更信任上海的生意人，他们认为上海的生意人更懂行规。我不知道原来是这个原因。

是在咖啡淡得像水、甜得像糖精一样的彼得堡咖啡馆里，我明白了那些年老的英文老师和英文顾问，对今天上海特别的意义。

我已经与我的英文老师失去联系多年了，我不知道自己应该怎么才能告诉他这一点。甚至我也一直忘记要告诉戴西这件事。他们是一代曾经到"阴沟里去"的人，现在能让他们在阳光下教授他们的所长，他们一定已经觉得失而复得，不会多想了。戴西在上海工业咨询公司一直工作到1993年，她八十四岁。那一年，上海经济开始快速起飞，上海成为全球关注的爆炸式发展的都市，世界许多重要的大公司纷纷进入上海，年

在上海工业展览馆的进出口电子机械交易会中担任翻译。

轻一代的上海白领,已经学会用幻灯投影和准确的语言来阐述自己的计划,上海已经成为重要的国际市场,最早觉悟的青年已经有计划地准备得到 MBA 的教育背景。"与国际接轨"成为那些年时髦的语言。

　　接上了轨道,人们隆隆地向前驶去,就像岛上的居民踏上难得一去的宽阔大陆的感觉一样,突然会发现前景是那么开阔,那么纷繁美丽,简直要让人不得不很快地忘记最初逃离岛屿时使用的那些老吊桥,它们长年被吊起在半空,晒得发白,长着发黄的铁锈,像是百无一用的怪物。当踩着它们吱吱作响地往前走的时候,也并不真能确认它们就真的有用,就真的会领着人们去到开阔的地方。

★ SHANGHAI PRINCESS ★

1983

七十四岁

它能证明"我在工作着"
IT PROVES THAT "I AM STILL WORKING"

"I like this photo very much. I thought that if I died, I would want people to remember me with this image. This photo shows that I am still working."

"我很喜欢这张照片。我曾想过,要是我去世了,我就用这张照片当我的遗像。这张照片表现出,我正在工作。"

1998年9月24日,戴西度过她今生的最后一个下午。那天我和她在一起最后确定将要放进《上海的金枝玉叶》里的照片,这些来之不易的照片,涵盖了她九十年的生活,最早的一张,是她一岁时候的照片,最后一张,是她八十九岁生日时在亲友为她开的晚会上的照片,她站在蛋糕边上。差不多全是中正精心保留下来的。

　　窗前的小圆桌上,被我们堆满了照片。戴西翻动着它们说:"从前我有三十多本照相本,'文化大革命'的时候被业余大学的老师全撕光了。那时我想我再也不要照片了,可现在看看,又有这么多了。"

　　这时,她拿起这张照片,冲印得很粗糙的黑白照片,她说:"我喜欢这张。这是在业余大学照的。那时他们又请我回去,每星期为英文口语课录音,那时候学英文的磁带还是不多,许多课文都是我读,然后录下来,给学生在听力课用。"

　　业余大学就是"四清"的时候虐待戴西,"文革"的时候吞没了她所有留下来的照片的地方,也是更早时候,她第一次劳动改造时的外贸农场。那里看门的老人一直在原处,看到她日日来这里劳动,看到她日日来这里上班,现在又看到她回来为学生录课文。他们见面还彼此打招呼。老人说:"我记得你的,你不是从前来劳动改造的郭家四小姐吗?"戴西就说:"是啊,就是我。"

中正曾反对戴西回去,他说,那地方对你那么坏,怎么还回去为他们干活。可戴西还是回去了。有人说,她这是要做给当时批判她、把她说得一无是处的人看看,她还是被学校当成个宝贝样地请回来了。还有人说,这是她的大度,她证明了自己可以对别人有用。可戴西什么也没有解释。

在她失去了许多照片的地方,她得到了这一张照片。

戴西抚着这张照片说:"我很喜欢这张照片。我曾想过,要是我去世了,我就用这张照片当我的遗像。"

"为什么呢?"我问。

"这张照片表现出,我正在工作。"戴西挪过放大镜来一一点着说,"你看,那是录音室,还有话筒,还有我手里拿着的东西。"是的,那是一个老式的话筒,还有一本1983年时在所有文具商店里都可以买到的练习本,图案很粗糙,压色也不准。可这并不妨碍戴西为自己骄傲,为自己工作的骄傲。

她终于作为一个独立的女子,得到了承认。

一天以后,戴西在家中安然辞世。

七天以后,静姝、中正和媚分别赶回上海,为戴西举行葬礼。葬礼上,这张照片被精心放大,挂在戴西的近旁。

* SHANGHAI PRINCESS *

1986

七十七岁

乔治归来

GEORGE RETURNS FROM ABROAD

As for Daisy's piano, she went searching in the suburbs, but the one she found there wasn't hers, Then she was drawn to Suzhou, and the one there wasn't her either. Finally she was notified to go to Guangzhou to identify her piano, but she was reluctant to make that long journey.

而戴西家的钢琴，找到郊县，可那架琴不是戴西的；找到苏州，发现苏州的那架也不是戴西的。以后又通知戴西去广州认琴，可戴西已经不想再去认了。

乔治回家来了,就是那个当年惊慌逃走、将枪留在吴家的乔治,戴西最小的弟弟,他的脸慢慢长得像在美国的犹太人了,有种缄默的软弱的怀乡的神情。他的太太,是当年戴西结婚时为她做头发的美容师,他们在夏威夷开了家美容店,乔治在店里帮忙。

戴西陪他去看了老房子,那是他们度过青少年时代的地方;他们还去看了当年的七重天宾馆,那是从前乔治的办公室;他们也去看了从前郭家的百货公司,现在它已经改名叫"华联商厦",它仍旧算得上是南京路上的大商厦。从前戴西到店里去买皮鞋,选不到合意的,在店堂里当经理的乔治拿出自己的钱来,说:"你到先施那边去看看,快不要在这里难为我们了。就算我送你鞋子好了。"

她向他说了几年前,自己被通知去领回从前的抄家物资的经历,被抄走、没收走的东西里,有一些是1963年以后,戴西从七重天郭家的公寓里搬到吴家花园里用的。

"文革"以后,政府开始清退当时的抄家物资。在大致列出一个当年被抄走的东西的单子,并由政府收去单子以后,戴西便常常得到通知,去什么地方认领自己的东西,有时是去一家教堂,戴西这才知道整个"文化大革命",教堂关闭期间,许多教堂被征用为仓库。当时,戴西的同事以为她一定会认回一大堆东西,还特地为她找了一辆小卡车去。可是,让她认领的,只是一个已经碎了的白翡翠戒指,而戴西从来没看到过这个戒指。

另一次,戴西带着通知去领她的珠宝,她真的领到了一大包,可打开一看,大多数不是她的,她把不是自己的珠宝又还了回去。

还有一次,原来的单位通知她去拿回当时被抄走的东西,许多人被抄走的东西全堆在一起,到处都是。她找到了自己家的一个保险箱,她那时用来保存中国邮票的。她这次认回了自己家的保险箱,可它的锁已经被撬开过,现在放在里面的,是一些麻将牌。

有时认领东西的地方很远,在大场,甚至在郊县。到大场去认领被拿走的字画时,戴西一进仓库就吓了一跳,那高大的房子里,挂着上千幅字画,供人认领。在"文革"中,戴西被拿走了上百幅字画,可她仰头去看密密麻麻的字画,很快头就晕了,有时她发现自己的字画上已经别上了别人的名字,表示已经有人认走了。后来,戴西发现有些出色的字画边上,会出现不同的十个名字,表示同时有十个人认定这东西是自己的。要到最后,才能决定到底那是谁的。

而戴西家的钢琴,找到郊县,可那架琴不是戴西的,找到苏州,发现苏州的那架也不是戴西的,以后又通知戴西去广州认琴,可戴西已经不想再去认了。

戴西从原单位得回"文革"中被扣去的工资。

在政府为吴毓骧案平反以后,政府清还了十年中从戴西收入中扣除的罚款,为此,戴西曾有十年每月只有六元钱的生活费。政府还清退给戴西在"文革"期间,沃利寄来帮戴西清还吴毓骧罚款的八千美金。

乔治带着侥幸的神情,问起戴西在上海这些年来的经历。和所有郭家在海外的成员一样,乔治也认定,要是自己当时留在上海,也会像戴西一样经历所有他们不能想象的事。对乔治来说,戴西的遭遇把他当年惊恐出逃的日日夜夜,反衬得几乎是甘美的回忆。戴西说了一些,然后她像从前一样,耸耸肩,摊开双手说:"你看,我就这样过来了。我好好地过来了。"

乔治没有问起那三把左轮枪的下落,戴西也没有说。

后来我问起戴西,为什么不让乔治知道他惹了大祸,戴西说:"他不是有意要害我们。要他知道又有什么用呢?而且,他们总是要抓 YH 的,开始抓他的时候,并没人知道我们埋了枪。就是没有枪,YH 也会为了别的理由被抓的。"

我问戴西,她真的就一点也不为乔治对整个事情的理解而难过,或者抱怨,或者,看到乔治和顺安静地度过了在夏威夷的岁月而感到失落?平心而论,我会觉得失落。戴西扬起她白发苍苍的头颅,好像她在照片里习惯的姿势那样,脸上出现了一种微笑,一种可以抵抗或者遮挡一切的微笑,铜墙铁壁般的微笑,她说,乔治即使回上海了,也已是老人,但他一直都是天真的人,他一生中未经历过复杂的岁月,也不能理解复杂的含义,就像戴西如果当年及时离开上海会经历的一样。

如今,戴西能理解乔治,但乔治已没有能力真正面对戴西生活中发生过的一切。

于是,戴西轻轻遮住了所谓复杂的一切,她不想多说什么。她问乔治还记不记得早年她去店里买不到合心意的皮鞋,乔治打发她去先施买的事,他们都恍若隔世地笑了起来。是啊,不论对乔治,还是戴西,一双皮鞋的往事,真是恍若隔世啊。

乔治在上海时,他们一起寻找共同的往事,所以,他们一起去吃了红房子的法式西餐,她让乔治尝尝上海式的法国菜是否还是旧口味。他们又一起去吃了南京东路上的本帮菜,让乔治尝尝劫后余生的本帮菜是否还是旧口味。她帮他一起寻旧,就像帮老华侨回家那样。戴西带着乔治轻盈地越过了那些沉痛的深渊。她觉得自己有力量独自越过,也有力量带自己的小弟弟一起越过。

乔治回家时微笑着向姐姐挥手,这是他们此生的最后一次彼此挥别。

* SHANGHAI PRINCESS *

1989.9

八十岁

"我今天应该从哪里说起？"
"WHERE SHALL I START RELATING TODAY?"

In her memoirs she recorded her experiences during the long periods of the "Four Cleanup Campaign" and the "Cultural Revolution". There were many things that her own children first learned about from her memoirs.

在回忆录里,她写下了自己的经历,漫长的"四清"运动和"文革"运动。许多事就连她的孩子也是第一次从回忆录上知道。

戴西在美国西部中正的家里,在亲友的鼓励下开始用中正的打字机写自己的回忆录,她说是为自己家族里的孩子写的。她是这样开的头:

爱尔莎写信给我,说到里昂写了一些郭家的事,她还为他改了几处。可是一直到爱尔莎和里昂都去世了,我都没看到他们写下来的东西。直到后来,乔治寄给了我。

我一看完,就觉得我也回忆起了一些早年的生活。我最大的遗憾是波丽没看见里昂写的东西就去世了。我知道她要是看到了一定会非常享受它,而且我知道,要是我们一起读的话,我还能听到在许多方面她的看法。

时光如水湍急地流去,我不知道自己是否能够来得及写下所有我记得的事。

我今天应该从哪里开始说呢?

为了写得好,她参加大学文学系的写作课程。

在写作班上,戴西一星期要写一篇小文章,作为练笔。她写了自己小时候在澳大利亚怎么跟老师学做白脱油的故事,写了在锦霓新装社时,在杭州的公路上遇到强盗的故事,写了自己小时候怎么和沃利玩"跟着领袖走"的游戏,还写了结婚后第一顿早餐的故事。可是,没有写一个字的"文化大革命"。而"文化大革命",是震动了整个西方世界的事。

她解释说:"外国人不会懂得这些事的。"

在回忆录里,她写下了自己的经历,漫长的"四清"运动和"文革"运动。许多事就连她的孩子也是第一次从回忆录上知道,后来,静姝说曾有外国人想要帮助她发表,戴西没有同意。

※ SHANGHAI PRINCESS ※

1990.4

八十一岁

童年时代的咒语
AN INCANTATION FROM CHILDHOOD

Now she has come back alone, smiling in the sunshine that once upon a time shone on her. She will never again wear that skirt trimmed with white laces, and her shoes will never again be in such a clean state that one can not tell the sole from the vamp. Her face lights up with a deep smile, which is typical for the elderly.

她现在独自一人回来，她在从前照耀过她的阳光里笑着。她再也没有穿那白色蕾丝的裙子，她的鞋子再也不会因为没有走路而干净得不用分鞋底和鞋面。甚至她脸上不再是八十年以前的安详和孩子的庄严，她的脸被老人深潭流云般的笑容轻轻掩着。

奇迹般的，戴西在澳大利亚度过她八十一岁的生日，而且把这一天留在了照片上。所以我们能看到，澳大利亚那些高高的树，在阳光和大风里没有落下多少叶子，而且还在南半球的秋天里，满树开着小小的结实的黄花。那里的雏菊也并没有全部凋谢，戴西在花店里看到了许多，那是她的花，她的朴素而坦白的花。这是大洋洲无数秋天中的一个，戴西实现了自己在最艰难的时候的梦想，回到澳大利亚她的出生地去看一看。

1980年代，戴西去了美国看自己的亲人，去了新加坡看自己丈夫家族的亲人，这都比不上回到澳大利亚，去看自己离开时的老房子，悉尼科罗顿街2号，一栋八十年前在用煤气灯的老房子。戴西是不是还能如愿找到它，我不知道，她没有说过。要是房子已经不在了，她一定不会觉得奇怪，她自己也早已不是那个单纯的小姑娘了，她离开这里时，曾对小朋友解释说，爹爹要带着全家到一个叫"上海"的中国餐馆吃饭。现在，她早已经知道，"上海"这个当时遥远的单词，对她来说到底意味着什么。现在，她才知道这晴朗的干净的地方，真正是她一生中的乐园。

从前，在老房子里，郭家有两匹马，大哥哥里昂照料它们，可以得到两个便士。后来由沃利照料那两匹马，他不像里昂那样细心照顾马，总是差比他小的戴西去喂马吃草，为了让戴西听话,沃利答应要分一个便士给她。戴西很起劲地干完了活,去问沃利要自己挣来的那一便士,沃利叫她把手摊开,戴西就摊开手准备接钱,可沃利把一便士放在她的手里,然后趁戴西张着手的时候,又马上把它抢去。他说:"我是说要给你一便士,可我没说那一便士你可以收着!"

经历了爱情和对爱情的失望,经历了为一个风流男子的妻子、为一双曾经十全十美的孩子的母亲,经历了独自度过的难产之日夜,经历了在陌生的监狱停尸房向自己丈夫不能相认的遗体走去的下午,经历了在江南薄淡的阳光下目睹一窝小老鼠在劳改资本家的棍棒下的惨死,经历了一个富家女子在大时代中动荡起伏的漫长人生,戴西现在再也不会为沃利生气了,她回忆起这些,会觉得生命之初的美好与单纯,在八个孩子里,她和沃利是最好的手足。

她现在独自一人回来,她在从前照耀过她的阳光里笑着。她再也没有穿那白色蕾丝的裙子,她的鞋子再也不会因为没有走路而干净得不用分鞋底和鞋面。甚至她脸上不再是八十年以前的安详和孩子的庄严,她的脸被老人深潭流云般的笑容轻轻掩着。

我相信她和家乡那些笑容淳朴的人在一起旅行的时候,会说到自己的童年,说到怎么在悉尼的幼儿园里学做白脱油的事,她在回到美国继续写作课的时候,还把这故事写了下来。

一天早上,老师给我们看了一瓶牛奶。"我们来做白脱油吧。"她说。于是我们都很热烈地看着她。她把牛奶瓶交给第一个孩子,说:"你用力摇一分钟,然后传给你边上的同学。"

　　这样,每个孩子在传到那瓶牛奶的时候都用力摇了一分钟,然后再接着往下传。不一会儿,我们都注意到,有零零星星的白脱油粘在瓶子边上来了。

　　"接着摇。"老师说。

　　这时下课铃响了。

　　"想要出去玩的,可以出去了。想要接着摇白脱油的,就留下来接着干。"老师吩咐说。

　　我的两个小朋友过来对我轻声说:"出去玩完昨天的跳房子吧。"我是班上唯一的中国人,能交到朋友不容易,我很高兴她们对我好,所以我马上就同意了,于是我们就出去玩跳房子了。

　　当铃声再响,我们三个人回到教室里,发现我们的椅子被放到了一边,别的孩子围在一起接着摇他们的白脱油,而老师告诉我们三个人,就自己坐在椅子上。

　　他们看着手中瓶子里的白脱油越来越大,高兴得不得了,当老师宣布白脱油已经做好了的时候,他们都微笑了。然后,老师发给他们每人一小片面包,然后在面包上涂上刚刚做好的白脱油。我们三个人什么也没有。

　　"这是为了惩罚你们不在这里做白脱油,而是出去玩。"老师解释说。对我而言,它等于什么也没解释。是老师让我们选择的,可我们为了自己的选择而得到惩罚。

要是戴西那一次真的还找到了在科莱斯泰街上的幼儿园教室,站在她曾经被排除在小朋友之外的教室里,她会想到更多的吗?

也许她没有那么多时间去找。因为这一次她也不光是为了怀旧回来。这一年,中正将要完成他的博士课程,戴西希望能帮中正在澳大利亚找到工作。但是她没有如愿。这一次她取得了澳大利亚护照,但从未对人说起。从这一年以后,她是以一个侨民的身份生活在上海。

中正最后留在了美国。

戴西显然最低限度,不想让中正再回到中国。然而,她自己回到了中国。

这总是每个知道她经历的人最疑惑的问题,为什么戴西还要回到中国呢?

戴西第一次从美国回到中国以后,曾有一个中学请她去与学英文的学生座谈,当时,也有学生问到她,她说:"因为我是中国人,这里是我的家。"

戴西从澳大利亚回国后,又有人问她,回到了自己出生的地方了,为什么还要回来,她说:"我的整个生活在上海,我不能离开我的生活,所有我熟悉的,我的医生,我的理发师傅,我的床。"

戴西最后一次从美国回来,因为医生认为她有中风预兆,所以她决定不再去美国,也不再去澳大利亚。我问她,她说:"我没有钱在澳大利亚生活下去,也已经没有足够的时间重新建立自己的生活。"

她简短地说完以后,深深地看了我一眼。

· SHANGHAI PRINCESS ·

1996

八十七岁

戴西与松林
DAISY AND SONGLIN

Songlin said that it depended upon the individual person, not upon the class that the person belonged to. A former maid always used to bad-mouth him in front of the mistress, even accusing him of breaking dishes so that he would be reprimanded. In the end, it was that maid who stole US. dollars from the mistress.

松林说，这是看人的，不是看阶级分的。像从前的女用人，在少奶面前一直告他的状，打碎了碗也要去告诉，最好让主人罚他。可这样的人最后要偷东家的美金。

在家庭发生变故以前,戴西家一直有好几个用人。从江南乡下出来的松林,就是在吴家做茶房的。他在吴家的工作,是跑腿,陪静妹上芭蕾舞课,陪中正玩。解放以后,年轻的松林离开吴家,去厂里当工人。他有时在休息天,还去吴家看看。

后来,松林回了自己老家,与吴家断了往来。

1976年以后,松林又回到了上海原来的工厂里工作,他就又去吴家花园找原来的东家,然后发现戴西已经不在原来的地方了。

花了好几个星期天,他从亭子间找到戴西现在住的地方,问到里委会去,请人查户口登记,他只说自己是远房亲戚,从乡下来。

最后松林找到戴西的时候,主仆二人在昏暗的门道里高兴得大叫起来。

松林从此常常又在休息天去戴西家里,帮她收拾家,换季的时候帮她去拿席子,放被子,装电风扇,做些重活。这时他已是一个退休工人了,不再会毛手毛脚,打烂戴西家的细瓷碗了。

等戴西更老了一些的时候,到银行去取钱,都等到松林来了一起去,松林总是先出门叫好出租车,看到有可疑的人,就将自己挡在那人与戴西之间。"就像以前的保镖一样。"后来松林说。

开始时,戴西没有发现什么,后来,她觉得奇怪了。松林从前称呼自己"少奶",现在他不再这样称呼,可他一直没想出合适的称呼,他并不敢叫戴西郭老师,因为他觉得自己没当过学生,不能叫老师。于是,他就凡事走到戴西面前才问,免了称呼。这时,松林再也没要戴西的工资。"我就是去帮帮她的,她老了,孩子都不在,她从前和我没什么矛盾,大家一直好来好去。"松林说。

这时,原来戴西家的厨子——一直跟着戴西家,直到"文革"吴家被扫地出门才离开——也随着政治形势松动,找到了戴西。当年,中正回家来弹琴,让和警察在楼上的妈妈知道自己回来了,就是他从厨房里急跑出来,怕中正做错了事,要把他从琴凳上拉下来。厨子烧得一手福州菜,是戴西最喜欢的。于是他每个星期来戴西家一次,为她烧一天的菜。直到有一天,已经老了的独身的厨子在街上被车撞断了股骨,瘫痪在床上。

戴西带着自己烤的蛋糕,找到厨子的家。她对厨子说,从前他在吴家的时候,吴家就说过要为他养老,就像从前那些长年在郭家干活的仆人。现在,她要照顾他的余生了,她会为他付医院的钱,会找一个护工来照顾他。她给了厨子一张存折,那是给他的钱。可是厨子不久就在床上自杀了。

直到戴西临去世的时候,还说到她家的厨子,像谈到一个家里人。

到郭家老司机的后代想要学英文到英国留学时,他来找了戴西,成为戴西的学生。到了春节,他们家一大家人,请戴西去一起吃团圆饭。老老小小坐了一大桌,大碗大碗的白斩鸡和松鼠黄鱼,他们在一起吃了饭,照了相,戴西和这家的老人们一起坐在上座。

而松林就这样一直照顾戴西,有时戴西的外国朋友请吃饭,也把松林一起请去。直到她最后的日子里,他住进戴西放箱笼的小房间里,照顾她,直到戴西去世。因为松林来了,一直在上海守着戴西的静姝才放心回北京去。

就是这一天,戴西想吃外面卖的小馄饨,可松林不肯去买,他要自己剁干净的肉馅,给戴西做小馄饨。戴西犟不过他,说:"松林,我已经不是从前的少奶了啊!"但松林置若罔闻。他剁了馅,买了薄皮,包好了,可戴西没有来得及吃。

"去世的时候,她一定是难过的,因为我为她洗脸的时候,擦到了她的眼泪。"松林说。

葬礼上,松林也送了一个鲜花的花圈,这一次他再也不能没有称呼了,他称呼戴西为"老伯母"。

葬礼以后,郭家留在上海的亲戚在一起吃了一顿"豆腐饭",松林在席间招呼客人,照顾穿了黑色丧服的静姝和中正,静姝说,就像从前他管着他们姐弟一样。席间,大家都敬了松林酒,女人们为松林布了菜,感谢他照顾戴西:"辛苦,松林。"大家这么说。还说,"没有松林,不知道怎么办。"

我问松林,他觉得不觉得戴西和他是两个阶级的呢?松林说,这是看人的,不是看阶级分的。像从前的女佣人,在少奶面前一直告他的状,打碎了碗也要去告诉,最好让主人罚他。可这样的人最后要偷东家的美金,要是说起来,她也是无产阶级呢。"我和少奶,大家好来好去,没有什么别的。"松林说。

中正带着戴西的遗像和遗物回美国以前,对松林说:"我会照顾你的晚年的。"

· SHANGHAI PRINCESS ·

1998

八十九岁

上帝这次看见她了，成全她了

THIS TIME GOD IS WATCHING OVER HER, REALIZING HER WISH

I talked about the analogy to the cracked walnut, mentioned the aesthetic life, which was painful for a gentle female. She looked into my eyes and said, "If life really wanted to bestow something upon me, I would just accept it."

我说到那个关于敲开的胡桃的比喻,被强力敲开时的惨烈,和敲开以后可以散发出来的芳香。说到审美的人生,对一个温良女子来说的痛苦。她望着我,然后说:"要是生活真的要给我什么,我就收下它们。"

上海的金枝玉叶

9月24日下午,为了归还戴西传记所用的最后二十六张照片,也为了祝贺戴西从医院康复,更是为了在写作之前最后向戴西问一些细节,我带着玫瑰来到戴西的家。那条湖南路上长长的,绿树覆盖着的弄堂,在下午2点的时候寂静无声,我看见一只瘦小的麻雀在地上跳着走路。漫长而酷热的夏天终于过去,从绿叶的缝隙里望过去,三楼上,戴西房间的窗子大开着,她没有用空调,这会给她那已经用了九十年的肺带去更多的氧气,当时我以为她的肺和心脏真的治好了。

她在等我,新烫了整齐的头发,雪白的卷发轻轻环绕着她的脸,她化了妆,这是她对客人的礼貌。这是她夏天生病以后,我第二次看到她。第一次我贸然去医院,她并不喜欢人看到她躺在床上的样子,所以我静候她回家的那一天。她的病房杂乱老旧,绿色的墙壁上好像有许多陈年污渍,上海有些老人熬不住酷暑,纷纷住进医院。她病房外面的走廊上,就有一个老妇人的加床,那老妇人满面可怕的病容,让我不敢看她。而她生怕别人看到她躺下的样子。

看到我去了,她做的第一件事,就是用手摸了摸脸,说:"我多难看啊。"其实她并没有让人觉得可怕,只是看上去虚弱了,在窄小的病床上,也只有小小的一团。

那是间公共病房,所以她一直盼着回家,她可以有私人空间。

屋里非常凉爽,她坐在原来的位置上,靠近大红卧榻。冬天最冷的时候,我曾来看她,她就是坐在这里,告诉我最冷的时候她抱着家里的取暖器取暖,直到晚上脱衣上床,才发现身上的毛衣毛裤都被取暖器上的石英管烤焦了。那是对老人非常危险的事,我那时劝她开空调,可她说,热空气总是向上的,所以就是开了热风,它们也会集中到天花板上去,没有用处,只有浪费电。

我说:"你快不要省电了,你的孩子听到你在上海这样过冬,心里一定会难过的。"

她没听清我说的话,很严肃地接口说:"不,我不要我的孩子来照顾我。是有人说,我的孩子在美国,一定要养我,照顾我,我说不是这么回事,我的孩子和我之间,没有一定要什么什么的。他们并不应该要照顾我,我从来不这么认为。要是他们想来照顾我,这是因为他们的爱,而不是他们的责任。我从来不要我孩子的钱。"

这是真的,我知道。

所以我看到她穿着薄薄的衣服,舒服地坐在椅子上,为她高兴起来。我说:"你看上去真好。"

她也笑了,笑着说:"就是我一点东西也不要吃,没有胃口。"

我以为她是大病初愈的虚弱,所以说,下次等她恢复了一些,我陪她去红房子吃牛尾汤,那是会长力气的食物,还可以陪她去一个同性恋者的酒吧。那是夏天时我准备去的地方,她知道了,也要跟着去。当时我很惊奇,惊奇得大笑起来,我说:"你一进去,大家都会很奇怪的,你去这样的地方!"

她也笑起来,但是反驳我说:"我为什么不可以去?我连Hard Rock都去过,我就是对没去过的地方有好奇心。"

这是真的,我知道。我还知道她在路上走,不让人扶,上车下车,也不让人扶。她讨厌别人照顾自己。自助才能让她真正高兴。她的脾气四周的人都知道,有新认识她的人和戴西一起出去吃饭,就会有熟悉她的人在上台阶的时候先告诫:"不要扶老太太,不要扶,让她自己来。"

后来静姝在葬礼上哭了,我才知道从医院回家的时候,她自己上楼梯,走上三楼。连静姝想要扶一扶她,她都不要。几天以后,她就因为衰竭而去世。

这一天我们工作的主题,是要请她解释这二十六张从1960年代到1990年代的照片。在漫长的艰难日子里,她在照片上仍旧高高扬着下巴,直视的眼睛里总是可以看到仁爱和勇敢。

她坐在靠窗的老位置上,那天她说的话,像平时一样多,说到她的回忆录,说到她想要继续写下去的故事,说到她的计划,等传记的清样出来以后,我将请她看清样,说到她到北京过冬的时候,我们可以用什么方法联系。她说她喜欢上海,觉得这里有她的生活。翻看照片的时候,她点着一张正在为学生录音的照片说,这是她最喜欢的照片,要是她去世,她愿意用这张照片做她的遗像,因为这张照片证明了她在工作。

是的,直到这个夏天开始时,她还送走了一个去英国留学的学生,是她家司机的后代。

她到24日那一天,还对我说准备通知学生她回家来了。她可以说是真正工作到去世,而且以自己还在工作自豪的老人。所以,在三天以后,她的这张照片被放大,成为葬礼上的照片。

那天,我们谈到我要写的故事。我一直想问她面对自己生活中如此多的坎坷,心里是否有怨怼。我在1996年认识她,开始采访,从没听到过她的抱怨,静姝和中正也没有听到过。她周围的人,其实没人真正知道她内心到底藏着对自己一生怎样的评价。有一天我们几乎已经接近了,我说到那个关于敲开的胡桃的比喻,被强力敲开时的惨烈,和敲开以后可以散发出来的芳香。说到审美的人生,对一个温良女子来说的痛苦。她望着我,然后说:"要是生活真的要给我什么,我就收下它们。"她从不用"是"和"不是"来回答这个问题。

到9月24日这一天,我还是想问。

时间很快地过去,两个小时以后,我想要结束谈话,可最后的问题仍旧没有问。我说:"下一次,我只问一个问题,就是你对你生活是否真的没有怨言。"

她站在椅子前,她说:"在我从美国回来以后,有学校请我去作英文的演讲,南洋中学有一个女学生问我为什么还要回到中国。我回答她说:我是中国人。"

在黄昏中,她的白发在房间四周的暮色中闪着光,我看不清她的眼睛,我也不知道她是不是已经在回答我的问题。后来,我问中正,也问了静姝,他们想了想,回答我说:"要是她这样说,就是她在回答你。"

与静姝姐弟分手,我没有回家,而和我丈夫去拜访我们从前大学时代的同学,他从美国回来,从前在纽约的大都会博物馆研究中国金石。他能写一手好毛笔字,我们希望能给戴西的葬礼写一副挽联。我们三个人围着微微发臭的中国墨汁而坐,坐了很久,最后决定了挽联:

有忍有仁,大家闺秀犹在。
花开花落,金枝玉叶不败。

在那一刻,我确认了关于戴西故事的新书的名字。

白色的百合花,是我送给戴西最后的一束花,将它们放在她的遗像边。白色的康乃馨是最后的告别,将它放在她的脚边。当我为戴西的书写完最后一个句号的时候,我才意识到她给我的礼物:她使我看到了一颗像花朵一样芬芳的心灵。

在最后一天,我们说了再见,她送我到楼梯口,一切都像从前一样。在她轻轻向我摆手的时候,我再一次想到第一次我看见她,然后我们一起出去吃饭,她走在我们中间,让我们几个年轻的女子觉得自己是几个鲁莽的男人。直到最后一天,她仍旧很优雅,这是她真正至死不肯丢弃的。

过了一整天,第二个黄昏,就是她辞世的时刻。她到底没有说出对自己一生的怨言,也许这是她想要保持的精神。

最后的黄昏,戴西自己去上了厕所,自己走回到床边,躺下,几分钟以后,她开始呼吸困难,然后,很快地离开。戴西实现了自己一生独立、不要别人照顾的理想,得以安详、干净、体面地谢世。在这个平常的初秋黄昏,上帝终于看见她了,听到她了,成全她了。

在躺到自己的小床上去以后,戴西轻声说:"我怎么这么累啊。"

戴西家所在的弄堂,坐落在上海的一条安静的大弄堂里。别人家荒芜的西式院落,还用很早以前的细竹篱笆围着,黑色的柏油在阳光下散发着焦稠的气味,道路边的泥土里,细细的桃树开了上百朵白色的小花,那是上海市区中少有的充满了植物芬芳的弄堂——戴西在那里有一间屋子,度过她独自一个人的晚年。

跋

当我写完这本书,为它打上最后一个句号的时候,是一个深夜,比我预计的时间要早,原先我以为会写到黎明。在终于安静下来了的、夜空发红的上海的深夜,我的心里,在戴西的故事被写作释放以后,呈现出来的,是对许多人的谢意。这本书真的不同于我曾写过的那些小说,要是没有许多人的帮助,甚至没有冥冥中的缘分的帮助,我以为自己写不了。

首先当然是戴西,与戴西两年的交往,平淡但亲切,在等女儿上完琴课的时候,上戴西的房间里去聊天,她雪白的头发像一朵云一样浮动在窗台前。她是一个让人喜爱的老夫人,她让我想念。

还有她的孩子静姝和中正,静姝对整本书做了仔细的核对,中正从美国带回来了书中绝大部分照片,静姝使这本书尽可能地准确,中正使这本书有了重要的照片的基础。还有他们的回忆、眼泪与自豪。

在这本书的写作准备阶段,我真的得到那么多人的帮助,为我准备照片和翻拍照片的莫束钧,是最早听到完整的故事,看到最初的全部照片的人,是他蹲在翻拍机前望着镜头里的旧照片,说出了自己的感想:"这个老太太真的是金枝玉叶。"就是在那一刻,我获得了这个词,后来,它成为书名的重要部分。

也是他在下班以后，到印刷厂的电脑里去一一修补旧照片的不足，最早的照片，已是八十多年前的了。每一次都是他傍晚时将照片和底片送来我家楼下，像一个送快递的人一样，小心地把大信封从横挂在胸前的大书包里取出来，说："完好无缺。你不必失去你的命。"因为我对他说过，要是这些照片出了差错，等于我的命出了差错了。

每次我称谢，他会说："就算我也为老太太做了点什么。"

所有接触到戴西故事和她的相片的人，都向我伸出帮助的手，照相店里印相片的伙计，图书馆里做彩色复印的女孩，综合阅览室和地方文献阅览室的大部分工作人员，上海史的研究者，知道我在写书的朋友们，甚至计程车司机，葬礼那天我抱着花赶计程车，司机是个满脸烟色的中年人，将我和花飞一样送到医学院路，然后说，他从来没敢开过这么快的车。是因为戴西这个人这个故事，触动了这些与她偶遇的人。

能写下戴西的故事，是我的幸运。

3月的星期天，是我写完以后的一个阴天，我又去了戴西生前住的那条大弄堂，这是我从秋天以后，第一次回到这里。许多的绿树，路边开着白色的桃花，我这才意识到这一季的冬天已经在写作中过去了。沿着树和花慢慢走下去，就看到绿色的铁门，那是戴西家的大门，只是走上去，再也看不到她了。

但这个冬天，我天天都和她的故事，她的一生在一起。我学习她的仁慈和坚强，通过每一天的写作。但愿我学到了一些，但愿我在自己生活的小风浪中证明我的所学。在戴西家的

跋

弄堂里看了三楼绿色的窗,看了绿色的大铁门,看了安静的树,黑色的细竹篱笆和小小的瘦瘦的白桃花,心里觉得很安慰,就像明白戴西现在一定会在某一个地方好好地愉快地生活着的那种安心。仿佛就看见了戴西那里也开着小小的瘦瘦的桃花。

谢谢戴西让我学到了一些东西,让我看到风浪中可以怎样经历自己的人生,可以怎样坚持自己的纯净和自己的生活方式,在漫长生活中可以怎样护卫一颗自由的心,在生活大起与大落的时候,让它都是温暖的、自在的。

我在1996年遇见戴西,在1998年决心要为戴西写一本书,在戴西的葬礼上,我曾说,希望她能在我的书里得到永生,现在,我热切地希望自己做到了这一点。

1999年3月20日于上海

图书在版编目（CIP）数据

上海的金枝玉叶/陈丹燕著;-上海：上海文艺出版社.2015.8(2021.5 重印)
ISBN 978-7-5321-5741-9
Ⅰ.①上… Ⅱ.①陈… Ⅲ.①纪实文学-中国-当代
Ⅳ.①I25
中国版本图书馆 CIP 数据核字（2015）第 171999 号

发 行 人：毕　胜
责任编辑：陈　蕾
装帧设计：杨　军

上海的金枝玉叶
陈丹燕　著
上海世纪出版集团
上海文艺出版社　出版
200020　上海市绍兴路 74 号
上海世纪出版股份有限公司发行中心发行
200001　上海市福建中路 193 号　www.ewen.co
常熟市华顺印刷有限公司印刷
开本 889×1194　1/32　印张 9.25　插页 2　字数 177,000
2015 年 8 月第 1 版　2021 年 5 月第 11 次印刷
ISBN 978-7-5321-5741-9/I・4577　　定价：42.00 元

告读者　如发现本书有质量问题请与印刷厂质量科联系
T：0512-52605406